小説…JUMP j BOOKS
ぼくたちは
勉《べん》強《きょう》ができない
原作：筒井大志　小説：はむばね
未体験の時間割

紹介《しょうかい》

あらすじ

父を亡くし質素な生活を送る唯我成幸は、大学の学費が免除になる"特別VIP推薦"を得るため、一ノ瀬学園が誇る三人の天才、理珠・文乃・うるかの"教育係"をすることに!!

そんな彼らに今回も不思議な出来事が!? アイドルになったり、探偵になったり、"犬"になったり……。想像の斜め上を行くヒロインたちの姿は必見だ!!

もちろんどんな物語でも、彼女たちの恋心は変わらない。一味違う恋の道が開ける!!

果たして恋模様の行方は……?

唯我《ゆいが》成幸《なりゆき》

CLASS:3-B

◯Arts
◯Science
×Athletic

凡人出の秀才。とびぬけた才能は無いものの、努力で常に上位の成績をキープする。学費免除の"特別VIP推薦"のため"教育係"を引き受ける。

緒方《おがた》理珠《りず》

CLASS:3-F

×Arts ◎Science
×Athletic

"機械仕掛けの親指姫"とよばれる理系の天才。人の感情にうとく文系科目は壊滅的。趣味のボードゲームで勝つため、人の心理を学ぼうと文系を志望する。

古橋《ふるはし》文乃《ふみの》

CLASS:3-A

◎Arts ×Science
◯Athletic

"文学の森の眠り姫"とよばれる文系の天才。数式を見ると頭が真っ白になるほど理系科目は苦手。星に関わって生きたいため、理系を志望する。

We Never Learn Character & Story

武元《たけもと》うるか《うるか》

CLASS:3-D

×Arts ×Science

◎Athletic

"白銀の漆黒人魚姫"とよばれる水泳の天才。からっきし勉強はできないが、スポーツ推薦で必要なため、英語の勉強をすることに。中学の頃から成幸が好き。

桐須真冬《きりすまふゆ》

TEACHER

◎Pedagogy

×Home economics

一ノ瀬学園教師で理珠と文乃の初代"教育係"。二人に進路変更を勧めた。冷徹に見えてズボラな面も。

妹はフィギュアスケーターで本人も選手だった。

小美浪《こみなみ》あすみ《あすみ》

OG

×Science

○Service

一ノ瀬学園OG。病院を継ぐためメイドのバイトをしつつ浪人中。医学部志望だが理科全般が苦手。父にバイトを隠すため成幸と偽の恋人関係を演じる。

TITLE

ぼくたちは勉《べん》強《きょう》ができない

CONTENTS 目次《もくじ》

未体験の時間割 原作 筒井大志 小説 はむばね

ぼくたちは勉強ができない
未体験の時間割

高みを目指す[x]を阻むは
厳たる試練である

唯我成幸《ゆいがなりゆき》は、一ノ瀬《いちのせ》プロダクションに勤める芸能マネージャーである。

「三人とも、今日も張り切ってレッスンに励むぞ！」

担当するのは、『ｓｔｕｄｅｎｔｓ《ステューデンツ》』……「諸先輩方、そしてファンの皆さんから色々教えてもらって成長していきます！」という意味をこめて名付けられた新人アイドルユニットだ。その構成メンバーは、三人。全員が、既《すで》に事務所の談話室に集まっている。

「はい、頑張りましょう」

クールな表情でそう返すのは、緒方理珠《おがたりず》。小柄な体躯《たいく》と、それに見合わぬ『大きさ』のアンバランスさが一部の層にウケているとかいないとか。

「ふわぁ……よーし、やったろー……」

今しがたまで居眠りしていたのか、あくび混じりに気の抜ける掛け声を上げる古橋文乃《ふるはしふみの》。黒髪美人で『スレンダー』な体形が、一部の層の支持を得ているとかいないとか。

「オッケー！　全力を尽くしてこー！」

元気に手を挙げる、武元《たけもと》うるか。その裏表のない明るい笑顔に、一部の日々疲れたサラリーマンが癒《い》やしを求めているとかいないとか。

「よし、それじゃあ行こう！」

三者三様にやる気を見せる彼女たちへと、成幸は満足げに頷《うなず》く。

そして彼を先頭に、一行はレッスン室へと力強い足取りで踏み出した。目指すはトップアイドル。この一歩一歩が、頂上へと近づく道のりなのである。

……が、しかし。


それは例えば、ダンスレッスンの際。

「緒方……その、言いづらいんだが……振り付けが、なんていうか……さっきトレーナーさんが見せてくれた動きと、かなり違うというか……」

「なるほど……先程のところ、タイミングが〇・二秒ほどズレていましたか」

「いやそういうレベルじゃなくて……待て緒方、細かい部分の修正に入ろうとするな。今まだ、そういうとこ直す段階じゃないから。もっと根本、いやだから、細かいところを気にするな、リズムのズレとかじゃないから、今そこ繰り返しても意味が、ちょ、緒方、一《いっ》旦《たん》止まって、緒方さん？　止ま……はいストーップ！　一回音楽止めて！」

フンスと鼻息も荒く細かいズレを修正し続けようとする理珠に、たまらず成幸はパンパンと手を打って声を張り上げた。それを受け、うるかと文乃が音楽を止める。苦笑気味なのは、恐らく成幸と同じ思いを抱いているからだろう。

「なんですか成幸さん、レッスンの邪魔をしないでください」

不満げなのは、理珠当人だけである。

「あー、なんというか……そうだな、映像で観てもらうのが早いだろうな」

一瞬どう説明したものかと迷ってから、成幸は傍《かたわ》らのデジカメを操作した。後で見直せるよう、レッスンの模様は常に録画してあるのだ。

「さっきのは……あった、これだな」

動画を再生すると、そこに映し出されたのは……比較的スムーズにダンスを踊る文乃とうるかに挟まれ、古めのロボットの如《ごと》き硬い動きを披露する理珠の姿であった。

「ほら、これ」

「……ほぅ、なんとこれは」

デジカメの画面を見せると、理珠は興味深そうな表情で顎《あご》に指を当てた。

「私によく似たロボットの映像ですね？」

「いやお前本人だよ」

コテンと首を傾ける理珠相手に、成幸は真顔でツッコミを入れる。

「ふふっ、そんなことを言っても騙《だま》されませんよ？　この短い時間で、動画を加工した技術は称賛に値しますが……」

「いや一ミリも加工の無い、ありのままの現実だよ」

ここまで謎の自信を漲《みなぎ》らせていた理珠だが、再度のツッコミに少し表情が揺れた。

「……本当に、ですか？」

「本当に」

恐る恐るといった感じで尋《たず》ねてくる理珠に、成幸は引き続き真顔で頷く。

それで、ようやく認めてくれたのか。

「これが、私……」

絶望的な表情となって床に両手と両膝《ひざ》を突き、落ちこんだ様子を見せる理珠。

「ま、まぁこれから頑張ればいいじゃないか」

その肩に手を置き励ましてみるも、しばらくは復活しそうになかった。

それは例えば、ボーカルレッスンの際。

「どーよ成幸、あたしの歌声は！」

一曲歌い終えたところで、うるかは成幸の方を向いて胸を張る。

「うーん……」

「えっ？　ダメだった？　どこが悪かったかな？」

けれど成幸が渋い表情で唸《うな》ると、途端に真剣な顔でズズイッと迫ってきた。

「あっ、いや！　歌声については良かったぞ！　本当に！」

その距離の近さに若干《じやつかん》赤くなって目を逸《そ》らしつつ、慌《あわ》てて成幸は手を振る。

実際、彼女の歌唱力には全く問題はなかったのだ。そう、歌唱力には。

「じゃあ、そのビミョーな表情は何なの？」

「まぁ……そこは、自分で聞いて確認してくれ……」

ボーカルレッスンでも、後で聞き返せるように歌は全て録音している。不思議そうな顔をするうるかに、成幸は苦笑気味に録音機器を操作してヘッドホンを手渡した。

「ん～……？　音程も外してないし、別に問題なくない？」

「最初の方はいいんだよ……そろそろだな」

ちなみに今回のレッスンで教材に使ったのは、先輩アイドルのヒットソングである。

基本的には日本語の歌詞なのだが、間奏中に英語での語りが存在する。

「……ぶはっ！」

そこに差し掛かったところで、うるかが噴き出した。

「あははっ、何これ～！　めっちゃカタカナ英語っぽいし本家と全然違う～！」

と、一通り笑ってから。

「ってこれ、あたしなんだよなぁ……」

その表情を絶望的なものに変えた。恐らく、先の笑いも空元気《からげんき》だったのだろう。

「あたし、こんなだったんだ……」

床に両手と両膝を突いて落ちこんだ様子を見せる、うるか。

「ま、まぁこれから頑張ればいいじゃないか」

その肩に手を置き励ましてみるも、しばらくは復活しそうになかった。

それは例えば、水着によるグラビア撮影の際。

「絶望しかないよ……」

成幸が何か言う前から、文乃は床に両手と両膝を突いて落ちこんだ様子を見せていた。

「文乃、どうしたのですか？」

「あ、あははー……」

その傍らには、不思議そうな表情を浮かべる理珠と苦笑気味なうるかの姿が。

二人と対比すれば、理珠は言わずもがな、うるかとの『戦力差』も歴然であった。

「ま、まぁこれから頑張ればいいじゃないか」

「わたしの場合、頑張った結果がこれなんだよ！」

とりあえず励ましてみるも、文乃は涙目で叫ぶだけであった。

・・・○△×・・・

そんな風に、『ｓｔｕｄｅｎｔｓ』の活動は決して順風満帆《じゅんぷうまんぱん》だとは言えなかった。

とはいえ、成幸としては悲観はしていない。彼女たちであればいつか苦手も克服出来ると心から信じていたし、そのために全力でサポートするつもりだった……の、だが。

「遅引《ちいん》」

ある日、社長室に呼び出された成幸は開口一番でそんな言葉を向けられた。

発言者は誰あろう、一ノ瀬プロダクションの社長である桐須真冬《きりすまふゆ》その人である。

「少々、停滞が過ぎるのではないかしら？　唯我君」

「と、言いますと……？」

鋭い目で見つめてくる桐須社長へと、恐る恐るその意図を尋ねる。

「君の担当する『ｓｔｕｄｅｎｔｓ』、いつになれば成果を見せてくれるというの？」

冷たく響く声に、成幸の頬《ほお》が自然と強張《こわば》った。

「いえ、その、今はまだそういった段階には無いといいますか、芽吹くのにはまだ時間がかかりそうなので、ゆっくり育てていきたい所存といいますか……」

「放漫ね。生き馬の目を抜く芸能界、そんな心構えでは生き残れないわ」

しどろもどろに言い訳する成幸に、桐須社長はピシャリと言い放った。

「どうやら、私の方も手緩《てぬる》かったようね」

その発言に、成幸は嫌な予感を覚える。

「先日『ｓｔｕｄｅｎｔｓ』が出したシングルの売り上げ、どれくらいだったかしら？」

「えぇと、まぁ、決して良いとは言えませんが……」

「新曲の発売日も、もう決まっていたわね？」

「え、えぇ……レコーディングもまだですけど……」

話の流れに、成幸の嫌な予感がますます加速していく中。

「試練……次の新曲、前回の百倍の売り上げを達成しなさい。それが出来なければ『ｓｔｕｄｅｎｔｓ』のユニットは解散、彼女たちはアイドルも引退よ」

「ひゃ、百倍!? 解散で引退!?」

桐須社長の言《げん》は思った以上に厳しいものであり、成幸は思わず叫んでしまった。

「いや、流石《さすが》にそれは無茶ですよ……！」

「プロダクションとして、利益の上がらない存在をいつまでも抱える理由はないでしょう？ 移籍するというなら止めはしないけれど、どこも似たようなものでしょうね」

「うぐ……」

しかし、正論を返されて呻《うめ》くことしか出来ない。

「……それに」

そこでふと、桐須社長が視線を逸らした。

「いつまでも芽の出ない夢を追いかけ続けるのは不毛よ。彼女たちはまだ若い。諦《あきら》めるなら、早い方が良いでしょう」

「社長……」

成幸とて、この業界に身を置く人間だ。夢を諦め、引退する人も見てきた。当然だが、引退後も人生は続く。やり直すには早い方が良い、という考え方も理解は出来た。

桐須社長のこの物言いも、突き放しているように見えて彼女なりの優しさなのだろう。

そんな風に思った。


が、それはそれとして。

「百倍かぁ……」

彼女の課した試練が、あまりに厳しいのも事実であった。

「正直、かなりキツいねぇ……」

「今の私たちでは、どう計算しても達成出来そうにありません」

「あたし、まだアイドル続けたいよぉ……」

談話室に集まった三人は成幸に事の次第を告げられ、揃《そろ》って項垂《うなだ》れている。

部屋の空気はドヨンと淀《よど》んでおり、既に引退が決定しているかのようであった。

「ん？　なんだ、やけに暗い雰囲気だな？」

そんな中、談話室に新たな人物が入ってきた。

小柄な体躯に愛らしい顔立ちは、知らない人から見れば中学生くらいにしか思えないだろう。しかし、実のところ年齢は成幸たちよりも上の十九歳だ。アイドルとしても先輩であり、一ノ瀬プロダクションの稼ぎ頭。『小妖精《ピクシー》あしゅみー』の愛称で親しまれている売れっ子アイドル、小美浪《こみなみ》あすみであった。

「まふゆ社長に無茶振りでもされたかい？」

イタズラっぽく微笑《ほほえ》んだあすみに、場の空気がまた一段沈む。

「って、ありゃ？　もしかして、マジでそうだった？」

それで察したのか、あすみは軽く眉根を寄せて頬を掻《か》いた。

「なるほど。前回の百倍売り上げなきゃ引退……ね」

成幸から状況を聞いて、あすみは納得した様子で頷く。

「ははっ、まふゆ社長らしいな」

そして、どこか懐かしそうに目を細めた。

「あの……もしかして、先輩も……？」

その表情からなんとなくそんな気がして、成幸はおずおずと尋ねる。

「あぁ、新人の頃にな。似たような試練をもらったよ」

あすみが頷くと、途端に『ｓｔｕｄｅｎｔｓ』の三人の表情が明るくなった。

「ということは、小美浪先輩は試練を乗り越えたってことですよね!?」

前のめりになりながら、文乃が尋ねる。

「是非《ぜひ》ともその時のお話をお聞きしたいです」

理珠は、鼻息も荒くメモを構えていた。

「必勝法とか編み出したんですか!?」

目を輝かせて、うるか。

「必勝法、ねぇ……」

それに対して、あすみは小さく溜め息を吐く。

「そんなものは、ない」

そして、真剣な表情で言い切った。

「地道な活動を続けて、ファンを増やす。アタシがやったのはそれだけだ」

珍しい彼女の真面目な調子に、一同息を呑《の》む。

「そんなので大丈夫なんスか……？」

「そんなの？」

「い、いやその、もちろん地道な活動が重要だってのはわかってますけども……！」

あすみにギロリと睨《にら》まれ、成幸は慌てて手をわたわたと振った。

「でも、それだけじゃとても達成出来るような気がしなくて……」

力のこもっていない成幸の声に、あすみは「ふぅ」と小さく息を吐き出す。

「それで達成出来ないなら、アイドルとしてその程度だったってことさ」

「そんな……」

突き放すような言葉に、成幸は言葉を失った。『ｓｔｕｄｅｎｔｓ』の三人も、表情をますます暗くしている。

「でもな」

そんな中、あすみはニッと笑った。

「逆にここを乗り越えられるなら、トップを目指せるだけの力を持ってるってことだ」

その目には、優しい光が宿っているように見える。

「まふゆ社長がハードルをそこに設定したってんなら、そういうことさ」

それを茶化すように、あすみは肩を竦《すく》めた。

「実際、アタシもまふゆ社長の試練を乗り越えると同時に一気にブレイク出来たしな……ま、可愛《かわい》い後輩どものためだ。アタシも一肌脱いでやっから、いっちょ社長が驚くくらいの成果を叩き出してやろうぜ」

笑みを深めた彼女の表情は、とても頼もしく。

「「「は……はい！　よろしくお願いします！」」」

頭を下げる成幸たちの目にも、前向きな気持ちが宿り始めていた。

・・○△×・・・

「今日も始まりました、小妖精ラジオ！　パーソナリティーはもちろん、皆のアイドルあしゅみーでしゅみ～！」

ラジオ局の収録スタジオにて、あすみは事務所にいる時には出さない甘ったるい声で自分が担当しているラジオ番組の幕を開けた。

「そして、なんと！　今日は、特別ゲストもお迎えしておりましゅみ〜♪」

ブース内にいるのは、あすみの他に三人。

「ど、どうも〜。武元うるか、あっ、『ｓｔｕｄｅｎｔｓ』の、でっす……！」

「えと、同じく、古橋文乃です」

「オガタ　リズ　デス」

あすみのツテで呼んでもらっている一同だったが、初めてのラジオ出演ということで露骨に緊張している様子だ。うるかはいつもの元気が鳴りを潜《ひそ》めており、文乃の表情も硬く、理珠に至っては喋《しゃべ》り方までロボットのようになっていた。

ブース外にいる成幸には、基本的にそれを見守ることしか出来ないが。

『リラックスしていこう！　すみません先輩、フォローお願いします！』

唯一取れる連絡手段であるカンペにて、中に意思を伝える。

「『ｓｔｕｄｅｎｔｓ』の皆さんは、アタシの事務所の可愛い後輩なんですよ〜！　絶賛売り出し中！　今度、新曲もリリースされるとか？」

流石と言うべきか、慣れた調子であすみが話を振ってくれた。

「は、はいっ！　そうなんでしゅ！」

「そうなんです」

「ソウナンデス」

しかし、三人の方が全く話を広げられていない。

『もっとアピールして！』

成幸が慌ててカンペで指示を出す。

「あっ、その、あたし、泳ぐのが得意です！」

「わたしは、お話を作ったりするのが好きですね」

「ドンナ　スウシキ　デモ　ドント　コイ　デス」

『そういうアピールじゃない！』

明後日《あさって》の方向でアピールする三人に、追いカンペ。

「なるほど～、三人ともとっても個性的ですねっ！　これからライブにイベントにとドンドン活躍していきますので！　皆さん、応援よろしくお願いしましゅみ～♪」

幸いにしてあすみが上手《うま》くまとめてくれたが、そこで出番は終了。三人は碌《ろく》にアピールも出来ず初のラジオ出演を終えてしまった形だ。

しかしその初々《ういうい》しさが逆にウケたらしく、後日多数の応援メッセージが届き。

成幸は、ホッと胸を撫《な》で下ろしたのであった。


…○△×…


「はいっ、どうも～！　『ｓｔｕｄｅｎｔｓ』の武元うるかでっす！」

「古橋文乃です！」

「緒方理珠です」

この日、『ｓｔｕｄｅｎｔｓ』の面々は地方のイベントに参加していた。といっても三人がメインというわけではなく、ショッピングモールの販促イベントの手伝いだ。

（三人とも、しっかりな！　こういう地道な活動も重要だぞ！）

ちなみに成幸は、このモールのマスコットキャラクターである『ワンころ花子《はなこ》』の着ぐるみの中の人として三人の傍《そば》にいる。

「わーい、ワンころ花子だぁ！」

「ワンころ花子、風船ちょうだい！」

「僕も僕も！」

そして、子供に群がられていた。

親しまれているキャラらしく、どの子供もキラキラと目を輝かせている。

「ほ、ほら皆～！　あたしたちも風船配ってるよ～？」

「ワンころ花子ばっかりじゃ大変だから、こっちにもおいで？」

「サービスでうどんも持ってきていますよ」

と、三人が若干ぎこちない笑顔を振りまくが。

『…………』

子供たちは、それをジッと見つめた後にワンころ花子の後ろに隠れてしまった。

「だって……」

「知らない人からモノをもらっちゃいけないって……」

「ママから言われてるし……」

「「「うぐっ……！」」」

子供らしい純粋な言葉なのだろうが、『知らない人』という部分が自分たちの知名度の無さを表しているようで三人の胸に刺さった模様。

とはいえ中高生や大人からの評判は上々で、成功と言って差し支えない結果を伴って今回のイベントも幕を閉じることが出来たのであった。

…○△×…


「皆、盛り上がってる～!?」

「今から歌うのは、今度発売されるわたしたちの新曲です！」

「気に入っていただけた方は、是非とも買っていただけますと幸いです」

本日の仕事は、ライブハウスでの公演だ。単独ライブではなく対バン形式で、『ｓｔｕｄｅｎｔｓ』は複数参加するアーティストの一組に過ぎない。会場も数十人規模の小さなハコ。それでもアイドルとしての本業ということで、三人とも楽しそうに歌い踊っていた。

「うるか隊長～！」

「今日もダンス、キレてるね～！」

観客の中、二人組の少女から声援が上がる。

「姫～！」

「いつも通り麗《うるわ》しいよ！」

「こっち向いてほしいッス〜！」

こちらはどこかアンバランスに見える三人組から、文乃への声援。

「キャアァァァァ！　緒方理珠ぅぅぅぅぅぅぅぅぅ！」

感極まった様子で一際大きい声を上げている少女は、どうやら一人で来ているらしい。

彼女らは、少し前からイベントの度《たび》に来てくれるようになったファンの子たちだ。

（いいぞ、順調にファンも増えていってる……！）

歓声を受ける三人を舞台袖《そで》から見守りながら、成幸はグッと拳《こぶし》を握った。今回のライブも良い盛り上がりを見せている。今いる観客の中の何人かも、きっとまた新たなファンになってくれることだろう……と、確かな手応《てごた》えを感じる成幸であった。

･･○△×･･･

と、いった活動を積み重ね。

「あたしたち今、結構勢いノッてない!?　ノッてない!?」

「うん、順調にいってると思うよ……！」

「私のダンスも、ほぼ完成に近づいてきています」

手応えを感じているのは、三人も同じらしい。事務所の談話室に集まった一同は、揃って明るい表情だ。それはもちろん、成幸とて例外ではない。

「この調子なら、売り上げ目標も問題なく達成出来そうだな……！」

「いやぁ、流石にそれは……いっちゃうかも!?」

「ふふっ、むしろ社長がビックリするくらい売れちゃったりして」

「思ったよりも簡単でしたね」

その場に漂う雰囲気は、若干弛緩《しかん》してさえいると言えた。

「よう、調子良さそうじゃないか『ｓｔｕｄｅｎｔｓ』の皆さん。こりゃ、ウカウカしてるとアタシも追い抜かれちゃいそうだな？」

そこにあすみが顔を出し、冗談めかして肩を竦める。

「いやいや、そんな！　あたしたちなんてまだまだジャクハイの身ですから！」

「そうです、先輩の域にはとてもとても……！」

「小美浪先輩は私たちの目標です」

恐縮して手を横に振る三人だったが、その表情は満更でもなさそうな感じだ。

「ひひっ、そう恐縮しなさんなって。実際、頑張ってると思うよお前らは。このアタシが認めてやってんだ、素直に受け止めればいい」

軽く笑って、あすみは一枚の紙を差し出した。成幸が受け取り、四人でそこに目を落とす。どうやら、今度開催されるあすみの単独ライブのチラシのようだ。

「そんな飛ぶ鳥を落とす勢いの『ｓｔｕｄｅｎｔｓ』に、アタシから仕事の依頼だ」

「仕事って、もしかして……」

なんとなくその内容を察し、成幸は期待の目をあすみに向ける。

「アタシのバックダンサー、頼めるかい？」

果たして、あすみが口にしたのは期待した通りの言葉であった。

「も……」

「「「もちろん、やります！」」」

答えようとした成幸に被さる形で、三人が前のめりに返事する。

「お前ら、マネージャーより先に答えるなよ……」

苦笑しながらも、成幸の答えも当然決まっていた。あすみの単独ライブともなれば、今

までのイベントとは文字通り観客の桁《けた》が違う。バックダンサーとはいえそれに参加出来れば、『ｓｔｕｄｅｎｔｓ』の知名度がグッと上がるのは確実と言えた。

「改めて……その仕事、全力でやらせていただきます！　ありがとうございます！」

深く腰を折って礼を言った後、成幸は『ｓｔｕｄｅｎｔｓ』の面々へと振り返る。

「またとない機会だ……絶対に成功させるぞ！」

そして、手の甲を上に向ける形で彼女たちへと差し出した。

「トーゼンっしょ！」

「このビックチャンス、モノにしないとだよ！」

「私たちなら、きっと出来ると思います」

そこに、三つの手が重ねられていく。

「『ｓｔｕｄｅｎｔｓ』、ファイッ！」

「「「オー！」」」

成幸に合わせて掛け声を上げる三人の目には、熱い炎が宿っていた。

そうして迎えた、ライブ当日。

満員の観客が、今か今かと開演を待ちわびる中……その舞台裏は、不穏な空気に包まれていた。会場スタッフたちが、難しい顔を突き合わせている。

「小美浪さん、まだ到着しませんか!?」

「渋滞に巻きこまれてるみたいで……ちょっと、開演時間には間に合わなさそうです」

「しゃーないな、お客さんに開演延期を伝えるしかない」

「会場のテンション的に、暴動とか起こったりしませんかね……」

「そうならないことを祈るばかりだな……」

重苦しい雰囲気で決断が下されようとしている傍ら、顔を見合わせる『ｓｔｕｄｅｎｔｓ』の三人と成幸。言わずとも、各々の意思が揃っていることはわかった。

「あの、俺たちから一つ提案があるんですが」

代表して、成幸がスタッフたちに声をかける。

「小美浪先輩が到着するまでの繋《つな》ぎとして、先に『ｓｔｕｄｅｎｔｓ』が出て前座的な役割を務めるというのはどうでしょうか？」

成幸の提案に、スタッフ一同「えっ……？」と驚いた顔となった。

「『ｓｔｕｄｅｎｔｓ』か……」

「本人たちを目の前に言うのもアレだけど、大丈夫かって感じではあるな……」

「いくら最近売り出し中とはいえなぁ……」

やはり実績の無い彼女たちにこの場を任せるのはかなり不安らしく、空気は重い。

「確かに知名度こそまだまだですが、『ｓｔｕｄｅｎｔｓ』の実力は小美浪先輩にも認めてもらっています！　どうか、任せていただけませんか！」

と、成幸は勢いよく頭を下げる。

「……まぁ、ただ延期するよりは建設的か」

「確かに、前座が出ること自体は不自然じゃないし……」

「上手くやれば、小美浪さん到着後の盛り上がりにも繋げられるかもしれないしな……」

スタッフたちの雰囲気も、徐々に肯定的なものに変わってきた。

「わかった……それじゃあ頼むよ、『ｓｔｕｄｅｎｔｓ』」

スタッフの代表者が、そう言いながらポンと成幸の肩を叩く。

「はいっ！　ありがとうございます！」

もう一度頭を下げてから、成幸は三人と目を合わせた。

「思ってたより早く来た大舞台だけど……お前ら、いけるよな？」

そして、挑発的な笑みを浮かべる。

「ふっふっふっ、誰に言ってんのさ成幸」

「わたしたち、『ｓｔｕｄｅｎｔｓ』だよ？」

「むしろ、望むところです」

返ってきた笑みは、確かな自信が感じられるものだった。


それから程なく、ステージは開演し。

「どうも皆さん、こんにちは～！」

「わたしたち、『ｓｔｕｄｅｎｔｓ』っていいます！」

「小美浪先輩の前に、まず私たちの歌とダンスをお楽しみください！」

そんな声と共に元気よくステージ上へと飛び出した三人に、会場がザワつく。

「あれ？　あしゅみーは？」

「前座がいるなんて話あったっけ？」

「ていうか、誰？　『ｓｔｕｄｅｎｔｓ』って、知らないな……」

観客たちの口から漏《も》れ出る声は、決して友好的なものではなかった。

しかし、こうなるであろうことは出てくる前から予想済みだ。

「それでは聞いてください！　一曲目、『テストの前には掃除がしたい』！」

うるかの合図に合わせてスピーカーから軽快な音楽が鳴り始めても、観客の空気は重いままま。だが、いずれそれも解消されていくだろう。これまでのイベントだって、最初は誰にも知られていない状態だったことがほとんどだ。それでも、最終的には盛り上がって終わったのだ。今回だって、規模が大きいだけで同じ流れになるに違いない。

そう思っていた、『ｓｔｕｄｅｎｔｓ』の面々だったが。

「え、えーと、次の曲は『友達の言う「勉強してない」は信じられない』です！」

一曲終えても、観客たちは一向に盛り上がらない……どころか、露骨にテンションが下がってすらいた。方々からあくびが漏れ聞こえてきて、文乃の声に焦りが滲《にじ》む。

「続いては、『テスト範囲間違えて勉強してた』……え？　違いましたか？　す、すみません！　正しくは、『ノートを綺麗《きれい》にするのに夢中で結局内容頭に入ってない』でした！」

理珠の曲目間違いをきっかけに、徐々にミスも目立ち始めた。

歌詞をトチり、振り付けを間違い、台詞《せりふ》を噛《か》む。それが更なる焦りを生み、ますますミスが増えていく。完全に悪循環に陥《おちい》ってしまっていた。

やがて、数曲を終える頃には。

「「「ハァ……ハァ……」」」

三人は肩で息をして、舞台上で棒立ちとなっていた。

レッスンで鍛えたはずの体力が、緊張と焦燥によって既に限界まで削られている。頭が真っ白で、何も考えられなかった。舞台袖では成幸が必死で次の曲名が書かれたカンペを指し示しているが、そちらに目を向けるという発想すらも失われている。自分たちがなぜここに立っているのか、何をしなければいけないのか、全てがわからなくなっていた。

そんな中、今までと少し異なる曲調の音が鳴り始める。三人はビクリと身体《からだ》を震わせたが、それだけ。ダンスに入れなかったのは、茫然《ぼうぜん》自失状態となっていたから……だけではなく、それが自分たちの持ち歌ではないことも大きかった。

「はぁい！　皆さん、お待たせでしゅみー！」

舞台袖から飛び出してくる、小柄な体躯。

「皆のアイドル、あしゅみーでーす！」

今の『ｓｔｕｄｅｎｔｓ』とは対照的な明るい笑顔に、静かだった会場が一気に沸く。

「お疲れさん、後は任せときな」

一瞬マイクを口から離し、あすみは三人にだけ聞こえる声量でそう言った。

三人に出来たのは、その頼もしい背中を呆然《ぼうぜん》と見ることだけ。

「それじゃあ最初の曲は、『小悪魔小妖精』！　よろしくお願いしまっしゅみ〜！」

『うぉぉぉぉぉぉぉぉぉ！　あっしゅみぃぃぃぃぃぃぃぃぃぃぃ！』

先程までと同じ会場とは思えないほどの熱気が噴き出す中。数分が経過した頃に、『ｓｔｕｄｅｎｔｓ』もようやく本来の役割を思い出してあすみの後ろで踊り始めた。この日のために、振り付けは完璧にマスターしている……はずが、動揺が残った彼女たちの動きは明らかに精彩を欠いており、ミスも目立った。だが、会場は盛り下がるどころか加速度的にボルテージを上げていく。舞台上の三人からすれば、その理由は明白だった。

誰も、三人のことなど見ていないのだ。

今回の客は、最初からあすみを見に来た人たちだから……と、そんな問題ではないこともまた肌で感じられた。同じステージに立ってみて初めてわかる、彼女の輝き。そして、自分たちの未熟さ。今のあすみの姿は、まさに努力の結晶だ。ダンスのキレや歌の上手さはもちろん、顔の角度、表情、視線……後ろにいる状態ではわずかに垣間見ることしかできないが、それでも一つ一つの所作に至るまで計算され尽くしていることがわかる。

自分たちとの差は歴然であり、であればこの結果は当然だった。

こうして。三人にとって初の大舞台は、苦い思い出となって幕を閉じたのであった。

…○△×…

それからの三人は、悲壮とも言える熱意でレッスンに励むようになった。

「ゼェ……ハァ……成幸さん、今の動きをもう一度確認したいので曲をお願いします……！　ハァ……も、もっとダイナミックに……それでいて、繊細なダンスを……！」

「いや緒方、もう何時間ぶっ続けでやってるんだよ……体力限界だろ？　キレも明らかに悪くなってきてるし、そろそろ切り上げた方が……」

「いえ！　体力が限界だからこそやるのです！　限界の向こう側に行かなければ……そうでなければ、またあの時のようになってしまいます……！」

理珠は、深夜に至るまでダンスレッスンに励み。

「ウィー　キャン　ノット　スタディ……駄目だな……ウィー　キャン　ノット　スタディ……これも駄目……わーん、こんな短い文なのに何度聞き返してもゴミ発音だ！」

「うるか、一旦休憩したらどうだ？　口の筋肉が疲れてちゃ、余計に発音もおかしくなるだろ？　それに、喉《のど》も嗄《か》れてきてるし……」

「疲れてようが何だろうが、ちゃんと発音出来るようにならないと！　発音なんかに意識が持っていかれてたから、あの時は噛んだりトチったりしちゃったんだ……！」

うるかは、目を血走らせて英文と睨めっこし。

「頑張れ、わたしの腹筋……！　さ、さ、さ、三十……回、達成、だよ……！　ま、まだ……まだ……！　さ、さ、さ、さ……三十、一……！」

「古橋、流石にその辺りでやめとけよ……さっきから、もうほとんど身体上がってないじゃないか……ていうかそもそも、なんで急に筋トレなんだ……？」

「あの時、わたしは知ったの……出るところが出てなくても、ちゃんと魅力は持てるんだって……！　大事なのは、引っこめるべきところをちゃんと引っこめること……！」

　文乃が、汗だくで体形改善に挑む。


　三人の気迫は、鬼気迫るものがあった。しかしダンスにせよ発音にせよ体形にせよ、一朝一夕で効果が出るものではない。にも拘《かか》わらず彼女たちは目に見える成果を求めるあまり、明らかなオーバーワークを連日繰り返すようになっていた。

「さぁ成幸さん、今日もダンスレッスンを……って、おや……？　成幸さんが二人……？　もしや、分身の術……？　ふふっ、いつの間に忍者になんてなったのですか……？」

「ゲホッ、ゲホッ……成幸ぃ、今日も発音練習付き合ってよぉ……って、今喋ったの誰……？　あぁ、あたしかぁ……へへ……」

「成……幸……く……あ、痛たたっ……！　しゃ、喋ると腹筋が……で、でも、痛みは筋肉が成長しようとしてる証拠だよぉ……うふ、うふふぅ……」

　という感じで三人の目がだいぶ虚《うつ》ろになってきたところで、成幸はようやく決断する。

「お前ら、今日からしばらくレッスン禁止！　もちろん、自主トレも駄目だ！　もし破ったら、その時点で『ｓｔｕｄｅｎｔｓ』は解散とする！」

そして、三人にそう言い放った。

「な、成幸さん、何を言っているのですか……？」

「そんなのオーボーだよ、成幸！」

「そうだよ、今は大事な時期なのに……！」

「大事な時期だからこそ言ってるんだ！　休養も仕事のうち！　今日はもう帰れ！」

青い顔でブーブー文句を垂れる三人の背中を押して、事務所から強制的に退出させる。

「…………はぁ」

それから、談話室に戻った成幸は重い重い溜め息を吐いた。

「あいつらがあれだけ頑張ってるってのに、俺は何もしてやれないのか……」

成幸とて、先日のライブで何も思わなかったわけはない。むしろ舞台袖から見ていた分、三人よりも客観的にあすみとの差を認識していたと言えよう。にも拘わらず、その差を埋めるための方策を打ち出せずにいた。無力感に、知らず手が拳を形作る。

「よぅ後輩、『ｓｔｕｄｅｎｔｓ』は今日休みかい？」

そこに、当のあすみが顔を出した。

「先輩……」

返す声には、ついつい苦々しい色が混じってしまった。

「えぇ、最近かなりのオーバーワークだったんで強制的に休ませました」

「そっか。その方がいいだろうな」

彼女も三人の状態を知っていたのか、苦笑を浮かべている。

「…………あの、先輩」

しばしの迷いを挟んだ後、口を開く成幸。

「こんなことをアイドルである先輩に聞くのは、マネージャー失格だと思うんですけど」

心からそう思いつつも、尋ねずにはいられなかった。

「俺は、どうすればいいんでしょうか……？」

自分の口から漏れ出た声は、思った以上に弱々しいもので。

「あいつらの気持ちは、わかるんです。初めての大舞台が、あんな形で終わって……危うく、先輩のステージまで台無しにしちゃうところで。もうあんなことがないように頑張らないとって。でも俺、そんなあいつらに何て言ってやればいいのか……止めるのが正解な

のかもわからなくて……何もしてやれなくて……それで、もうどうすればいいのか……」

一度口に出すと、堰《せき》を切ったように泣き言が次々に流れ出した。

「……だいぶ、参ってるみたいだな」

それを受けて、あすみは思案顔となる。

「ええ、だから今日は休ませて……」

成幸が喋っている途中で、その唇にあすみの指が押し当てられた。

「お前も、だよ」

そして、あすみは優しい笑みを浮かべる。

「休め、後輩。休養も仕事のうちだ」

先程三人に言った言葉がそっくりそのまま返ってきた。

「でも、あいつらが明日出てきた時に何て言ってやるか考えないと……」

「無駄だよ」

すげなく断定するあすみ。

「今のあいつらにゃ、どんな言葉も届かない。お前が悪いってわけじゃなくて、誰の声も本当の意味じゃ入ってこない状態なんだよ」

それは、成幸も感じていたことではあった。

だからこそ、どうにかしなければと気が急《せ》いていたのだ。

「言葉でどうにか出来るもんじゃないのさ、こういうのは」

やけに実感がこもっているように聞こえるのは、あすみにもそういった時期があったからということなのだろうか。

「アタシに言えるのは、それくらいかな」

そう言いながら、あすみは踵《きびす》を返した……かと思えば、顔だけで振り返ってくる。

「後輩相手だからこその大サービスだ。まふゆ社長には内緒だぜ？」

「え……？」

思わぬ言葉に、成幸は呆《ほう》けた声を出した。処置無し、と言われたと認識していたのに……その言い方では、まるで答えが示唆《しさ》されていたようではないか。

「あの、それって……」

「残念、ヒントはここまででしゅみ～♪」

冗談交じりにウインク一つ、あすみはそのまま談話室を出ていってしまった。

「……今のが、ヒント？」

それをポカンとした表情で見送ってから、成幸は先のやり取りを脳内で再生する。彼女はすぐに冗談やからかいの言葉を口にするが、今のような場面で適当なことを言う人ではない。そう言うからには、必ず会話の中にヒントが隠されていたはずだ。

——言葉でどうにか出来るもんじゃないのさ、こういうのは

必死に思い出しているうちに、やけにその部分が印象に残っていることに気付いた。

「……重要なのは言葉じゃない、ってことか？」

何となくではあるが、その考え方は間違っていないように思えた。

「ちょっとヒント、出しすぎちゃいました？」

談話室を出たあすみは、そこにいた人物に話しかける。

「多少。とはいえ、あのくらいなら問題ないでしょう」

廊下の壁に背を預けた桐須社長が、小さく頷いた。

それに対して、あすみはニンマリ笑う。

「そんなに心配なら、自分でアドバイスしてあげればいいのに」

「……何のことかしら？」

惚《とぼ》ける桐須社長だが、こんなところにいたのが何よりの証拠だ。恐らく、『ｓｔｕｄｅｎｔｓ』のことが心配で様子を見ていたのだろう。

「私は、課題の進捗《しんちょく》を確認していただけよ」

「そんなにコソコソと、ですか？」

「抜き打ちだから、気付かれては意味がないわ」

「ふっ、そうですか」

言い訳を重ねる桐須社長に、あすみは小さく微笑みを漏らす。

かつて、あすみも桐須社長から課題を突きつけられた。そして、今の『ｓｔｕｄｅｎｔｓ』と同じような壁にぶつかった。その時にアドバイスをくれたのは、他ならぬ桐須社長自身だったのだ。きっと、あすみが口を出さなければ今回もそうしていたに違いない。

あすみは、そんな桐須社長の不器用な優しさが好きだった。

「あいつらなら、きっと課題を達成しますよ」

かつて『ｓｔｕｄｅｎｔｓ』に伝えた言葉に嘘《うそ》はない。桐須社長は、彼女たちなら越えられると思っているからこそハードルを課したのだと、あすみは信じて疑わなかった。

「……ええ、そうね」

果たしてあすみの言葉に、桐須社長は先程より少しだけ大きく頷いたのであった。

…○△×…


あすみの『アドバイス』を受けてから、数日の後《のち》。

「ねー成幸ー、あたしたちこんなことやってる場合じゃないっしょー?」

「そうだよ、少しでもレッスンをこなさないといけないのに」

「今は一分一秒が惜しいのです」

露骨に不満を表す三人を引き連れて、成幸はとある場所に向かっていた。

「まぁそう言うな、たまには息抜きだって必要だろ?」

そんな風に宥《なだ》めるも、三人の焦燥は収まらない。

それどころか、時間が経過するにつれて悪くなっているように見えた。

「だからってさ……」

「よりにもよって、だよ……」

「今の私たちには、辛いのですが……」

というのも。

「「「小美浪先輩のライブに観客として参加するだなんて……」」」

本日の目的地が、あすみのライブが行われる会場だからだ。まさに三人にとってのトラウマが刻《きざ》まれた原因であり、気が進まないのも当然と言えよう。

「勉強にもなるし、一石二鳥だろ？」

ニッと、成幸はイタズラっぽく笑ってみせる。イメージするのは、あすみの笑み。

「ベンキョー、ってさぁ……」

「この間、これ以上ないってくらいに勉強させてもらったよ……」

「そこで学んだことを活《い》かそうと頑張っているのではないですか」

彼女たちの言うことも、もっともではあると思う……けれど。

「本当に、そうなのかな？」

成幸の発言に、三人は「何言ってんだこいつ？」とでも言いたげな表情を浮かべた。

「前回見たのは、観客席からじゃなくて舞台上でだったろ？　それに、あの時は自分たちのことで精一杯でちゃんと見れてなかったんじゃないか？」

「確かに、テンパってたのはそうだけど……」

「でも、ちゃんと見てたよ。見せつけられたんだもの」

「それに、見るのであれば同じ舞台上が最適なのではないですか？　一番近いのですし」

次々と反論が返ってくる。

「ライブが終わっても同じ感想だったら、改めて謝るよ」

そう口にはするが、成幸の中には奇妙な確信があった。

このライブが終わった時に、きっと得るものがあると。

それを感じ取ってくれたのか、三人は顔を見合わせ……納得した様子でこそないものの、以降は文句を言うこともなく素直にライブ会場に入ってくれた。


そして、ライブが始まって。

「今日も集まってくれてありがとう！　あしゅみー単独ライブ、開演でっしゅみ～♪」

あすみがマイク越しに可愛い声を響かせ、舞台上に飛び出してくる。

それだけで、一気にボルテージを上げる観客たち。

「やっぱり可愛いなぁ、小美浪先輩。そりゃ、出てくるだけで盛り上がるって」

うるかが、羨《うらや》むように呟《つぶや》いた。

「あんまり露出のない衣装なのに、ちゃんと引き締まってるのがわかるねぇ」

文乃も、同じく。

「あの身長で、あの存在感……これが、カリスマ性というものなのでしょうか……」

理珠は、顎に指を当て難しい顔を浮かべていた。

「それじゃ、最初の曲はこちらでしゅみ～！　『キミの彼女は悪魔っコ♡』！」

大音量で、会場にポップで可愛い調子の曲が流れ出す。

そこにあすみの歌声が乗り、同時に曲に合わせてダンスも披露。

「すっごい歌詞聞き取りやすいなぁ……たぶん、口の動きも意識してるのか……」

「全然音外さないのも凄《すご》いね……全力で歌ってるのに、笑顔はますます輝いてるし」

「それに、ダンスもキレているのに声が全くブレません」

最初、そんな風に分析しながらあすみを観察していた三人だったが。

「うわっ、今のアドリブだよね!?　凄い思い切ってやるなぁ……」

随所《ずいしょ》に挟まれたアレンジに、目を丸くし。

「あははっ、やだ小美浪先輩ったら」

曲間のトークで挟まれる冗談に、笑い。

キミの彼女は
悪魔っコ♥

「おおっ！　あんなに高くまで跳んで……！」

あすみのダイナミックな身のこなしに、歓声を上げ。

そうこうしているうちに、表情が明るくなってきて。

「「「あっしゅみ〜！　あっしゅみ〜！」」」

いつしか笑顔で、サイリウムを振りながら全力でコールするようになっていた。

その姿は、周囲の観客たちと何ら変わらない。

「あっしゅみ〜！　あっしゅみ〜！」

ちなみにそれは、成幸も同様であった。

ここに来た『目的』も忘れ、普通にライブを楽しんでいる。

そして、だからこそ。頭の片隅《かたすみ》で、何かを摑んだ感覚を得る成幸であった。


…○△×…


「いやぁ、あのシャウトは鳥肌立っちゃったわぁ」

「ポップな曲が多い中に挟まったバラードも、胸に来たねぇ」

「歌だけでなく、ギターソロも格好良かったです」

ライブからの帰り道、『ｓｔｕｄｅｎｔｓ』一同は大いに盛り上がっていた。

「会場の一体感も凄かったな！」

成幸も、興奮冷めやらぬままその会話に参加している。

「……なぁ。俺、わかった気がするんだ」

けれど、ふと会話が途切れたところで表情を改めた。

「たぶん、小美浪先輩が凄いのは……」

「「「待った！」」」

ライブ中に摑《つか》んだことを伝えようとすると、三人が手の平を突き出してきた。

その表情は明るいものであり、それはつまり。

彼女たちも、成幸と同じく摑んだということなのだろう。

「小美浪先輩は、確かに抜群の歌唱力でさ」

「細かいところにも気を配ってるよ」

「ダンスの上手さだって圧倒的です」

でも、と三人の声が重なる。

「先輩のライブは、そういうところに感心する感じじゃなくて」

「もちろん、そういう部分もあるけど」

「それよりも、一番に思うのは」

　一度、顔を見合わせて。

「「「凄く、楽しい」」」

　再び三つの声が重なった。

「あたしたちに足りなかったのは、たぶんそういうところだったんだねぇ」

「お客さんを楽しませる意識、ってことだよね」

「今までの私たちは、本当の意味でお客さんのことを見てはいなかったのでしょう」

　果たしてそれは、成幸が考えていたことと全く同じであった。

「そうだな……俺たち、『上手く』やることばかりに目が向いていた気がするよ」

　もちろん、技術は重要だ。けれどそれだけでは足りないのだと、今日気付かされた。

　あすみの言っていた通り、言葉ではない形で。

「よし……『ｓｔｕｄｅｎｔｓ』、明日から再始動だ！」

「「「はいっ！」」」

活動再開を告げると、三人は力強く頷いてくれる。

その顔には、もう不安や焦りは少しも見えなかった。


…○△×…


それからの『ｓｔｕｄｅｎｔｓ』の活動は、今までと少し様相が異なった。

もちろん、レッスンはこなす。地道な草の根活動も続ける。

けれどそこに、もう一つ新たな工程が加わった。

「明日のハコ、小さめだよね？　せっかくだし、お客さんと近いことを利用したいね」

「わたしたちがお客さんの中に飛びこんで踊るっていうのはどうかな？」

「ナイスアイデアです文乃。いっそ、観客と一緒に踊るくらいで良いのかもしれません」

「いいな緒方、それ絶対楽しいぞ！」

どうすれば、よりお客さんに楽しんでもらえるのか。毎回イベントの前に、それを話し合うようになったのだ。レッスンやイベントの合間の、僅《わず》かな時間をどうにかやり繰りしてのことである。これもまた努力の一種ではあるのだろうが、不思議と辛さはなかった。

「あたし、最近ちょっとわかってきた気がするんだよねー。小美浪先輩が、あんなにキラキラ輝いてるように見える理由」

話し合いが一通りまとまったところで、うるかがふとそんなことを口にした。

「あっ、それわたしも！」

「私も、同じくです！」

文乃と理珠が、すぐに同調する。

「そんじゃ、せーので答え合わせしてみよっか！」

笑顔で「せーの」と言う、うるかに合わせて。

「「「自分も楽しいから！」」」

三人の声が、見事に一致する。

「そうだよな……辛そうにやってるとこ見て、お客さんが楽しい気持ちになるわけないもんな。自分たちが楽しんでこそ……だ」

それは、成幸も最近よく思うことだった。同時に、確かな手応えも感じている。この話し合いの場を持つようになってから、全てのイベントが大盛況で終わっているのだ。ファンの数も加速度的に増えており、徐々に大きな仕事も任されるようになってきた。

が、しかし。

「新曲のリリース、もう来週だな……」

成幸がポツリと呟くと、一同の間に緊張が走った。以前とは違って、自分たちの立ち位置はもう理解している。とてもではないが、楽観視は出来なかった。確かにファンは増えているとはいえ、目標を達成するには彼らの支持だけではまだ足りそうにない。

「新曲のレコーディングはめっちゃいい感じだったけどなー」

「今のわたしたちに出来るベストを尽くせたよね」

「ただ、発売までに私たちのことを広く知ってもらえる何かが欲しいですね……」

三人の表情は、不安に彩られていた。

「朗報。そういうことなら、ちょうどいい話があるわよ」

と、そこに現れたのは桐須社長だ。

「受けるかどうかは、あなたたち次第だけれど」

「これは……」

一同の前に差し出された紙を確認して、成幸の頰が思わず引き攣《つ》る。

なぜならば……それが、あすみの単独ライブのチラシだったためだ。

否応《いやおう》なく、以前のステージが想起された。

「今度は、バックダンサーではなく前座の舞台を用意しているわ」

しかも、まさにトラウマを植えつけられたあの時と同じ状況である。

流石にこれは断るべきかもしれない。そう思った成幸だったが。

「「「やります！」」」

前のめりになりながら、三人が成幸より先に答えてしまった。

そんなところも、前回の話を受けた時と同じだけれど。

「あれだけのお客さんに楽しんでもらうには、どうするのがベストかな!?」

「前と同じなら大型スクリーンが用意されるはずだから、それも意識しないとね」

「まずは会場施設の確認が必要ですね」

尻ごみするどころか、彼女たちの表情はとても前向きなもの。観客をどう楽しませるかで頭はいっぱいのようだ。どうやら、もう過去の失敗など気にしている暇もないらしい。

「……と、本人たちは言っているけれど」

密《ひそ》かに感動する成幸へと、桐須社長が目を向けてくる。

「マネージャーとしての判断は、どうなのかしら？」

問いかけの体《てい》ではあったが、それはただの確認であるように思えた。

もちろん、成幸の答えも決まっている。

「はいっ、喜んで受けます！　大きなチャンスをいただき、ありがとうございます！」

「……今回は都合上前座が必要で、私はちょうどスケジュールが空いているユニットに声をかけただけ。他意は無いわ」

フイと顔を逸らす桐須社長だったが、その耳は少し赤くなっているように見えた。

○△×

それから、数日が経過し……一同は、ライブ当日を迎えていた。

「いよいよ本番だけど……皆、大丈夫か？」

成幸が『ｓｔｕｄｅｎｔｓ』の三人に最終確認を行う。

「「「もちろん！」」」

返ってくるのは、不敵な笑みと共に強い輝きを放つ瞳が三対。

「あぁ、だよな」

成幸も、ニッと笑う。

「それじゃ……」

手の甲を上に向けて成幸が差し出す。すると、次々三つの手がそこに重ねられた。

以前同じことをやって臨んだ大舞台は、結局失敗に終わってしまったけれど。

「『ｓｔｕｄｅｎｔｓ』、ファイッ！」

「「「オー！」」」

今度は、必ず成功する。それは、予感ではなく確信だった。


「「「どうも、『ｓｔｕｄｅｎｔｓ』です！」」」

満員の観客の前に、三人が元気よく飛び出す。

「そっか、今日は前座がいるんだったな」

「あれ……？　あの子たち、前もあしゅみーの前座やってなかったっけ……？」

「あぁ、あの時のかぁ……」

観客の反応は、前回と似たようなものだ。というか前回のやらかしを覚えている人がいる分、空気は輪をかけて重いとすら言えた。

「「「それでは聴いてください、まずは『作者の気持ちなんてわからない』です！」」」

しかし、三人の笑顔は微塵《みじん》も揺らがなかった。

むしろ更に輝かせて、鳴り始めた音楽に合わせて身体を動かす。その動きは、一糸乱れぬほど綺麗に揃っていた。ダンスレッスンもみっちり積んできた成果である。

このダンスに、「おおっ？」と観客の一部から驚きの声が上がった。それを見計らって、今度はあえてコンビネーションを崩す。一瞬落胆《らくたん》の雰囲気が会場を包むが、すぐに先程を上回る盛り上がりを見せ始めた。うるかはダイナミックに動き、文乃は体躯で物語性を表現し、理珠は正確にリズムを刻む。それぞれの個性を出しつつも、バラバラにはなっていない。その切り替えの速さも含め、観客の心に響いてくれたようだ。

かと思えば間奏にラップを挟んだり、楽器を掻き鳴らしたり。一曲の間だけでも、目まぐるしく変化を加えていく。そして、その度に会場のボルテージは上がっていった。

元々あすみのファンには、技術よりもノリの良さを好む傾向がある。そういった客層に楽しんでもらうにはどうすれば良いかと考えた結果が、こうしてびっくり箱のように次々と色んな要素をぶちこむことだった。どうやら考え方は間違っていなかったらしい。

「なんかあの子たち、すげぇ良くね!?」

「あぁ、次は何やってくれるのかワクワクするな！」

「つーか、あんなに楽しそうにやられるとこっちまで楽しい気分になるわ！」

「なんか、あしゅみーみたいだ！」

観客の中からも、そんな声が上がり。

数曲終える頃には、会場は大きく沸いていた。

「皆、声援ありがと～！」

「次の曲ですが……」

「これで、私たちの出番は最後となります」

理珠の言葉に、「え～！」と不満の声が上がる。

それを嬉《うれ》しく思いながら、三人はステージ中央に並んで立った。

「「「それでは、聞いてください……今度リリースされる『ｓｔｕｄｅｎｔｓ』の新曲」」」

すう、と一つ深呼吸を挟む。

「「「『ぼくたちは勉強ができない』です！」」」

それから始まった最後の曲は、この日一番の盛り上がりを見せた。

「お疲れ、三人とも！」

最後の曲を歌い終え、舞台袖へと戻ってきた『ｓｔｕｄｅｎｔｓ』を成幸が迎える。

「うん、お疲れ～！」

「楽しかったねぇ！」

「お客さんも楽しそうにしてくれていました！」

興奮冷めやらぬ様子の三人から、笑顔が返ってきた。

「この盛り上がり、文句無しの大成功だ。実は、前回みたいなことにならないかちょっとだけ心配だったんだけど……リベンジ成功だな！」

グッと拳を握ってみせる成幸だが、三人はキョトンとした表情を浮かべている。

一瞬の後、それをハッとしたものに変化させた。

「あ～そっか、前回ね！　そういやそうだった！」

「正直、忘れてたねぇ」

「目の前のことで精一杯でしたから」

どうやら、それだけ自分たちのパフォーマンスに集中していたらしい。

この盛り上がりも、その集中力あってこそのものだろう。

「お疲れさん、凄い盛り上がりだな」

とそこに、今日の主役であるあすみが顔を出した。

「こりゃ、アタシの方が食われちゃったかな？」

なんて、冗談めかして笑って……その直後、スッとあすみの表情が消える。明らかに纏《まと》う空気が変わったことに、成幸たちはゾワリと背を震わせた。恐らくは、それでスイッチが切り替わったのだろう。次の瞬間には、『アイドル』の笑顔が浮かんでいた。

「それじゃ、いってきましゅみ～♪」

軽やかな足取りで、ステージ上へと駆け出していくあすみ。

最初は『ｓｔｕｄｅｎｔｓ』に心を持っていかれたままだったようで若干観客の反応が鈍かったが、あすみが一言発する度に、彼女の一挙一動ごとに、テンションを上げていき。

結局、一曲終わる頃には前座を更に上回る盛り上がりを見せていた。

「敵わないなぁ、あの人には……」

それを舞台袖で見ながら、成幸はいっそ清々《すがすが》しい気持ちで微苦笑を浮かべる。

そして、その傍ら。

「やっぱすっごいねぇ、小美浪先輩は！」

「だね！　わたしたちじゃ出てこないような発想も沢山《たくさん》あるし……！」

「というか、確かな基礎力があるからこそ取れる選択肢が多いのでしょうね……！」

目を輝かせてワイワイと話し合うその表情に、以前のような暗さは欠片《かけら》もなく。

いつか自分たちもそこに至るのだという気概《きがい》が感じられて。

彼女たちならば必ず更なる高みまで登っていけると、確信する成幸であった。


…○△×…


あすみの前座を務めたライブは大いに話題になり、一部のメディアにも取り上げられたことで、『ｓｔｕｄｅｎｔｓ』の名前は一気に広まった。

その結果。

「新曲の売り上げ、目標達成おめでとう！」

「「「お〜！」」」

成幸の音頭《おんど》に合わせて、三人がジュースの入ったコップを掲げる。

彼女たちの新曲は、目標を大幅に上回る売り上げを記録したのだ。

だが、しかし。

「ねぇねぇリズりん文乃っち、明日のライブでは何する!?」

「開演と同時にサプライズを仕掛けるっていうのはどうかな？」

「終わったと見せかけて……というパターンも考えられますね」

「実は、明日の会場には特殊な機器も用意されてるんだ。それを利用するのはどうだ？」

成幸を含めた四人は、喜ぶのも程々に既に『次』を見据えていた。

つい先日まで解散の危機だったことなんて、もうすっかり忘れている。

それだけ、今を『楽しんで』いるのだ。


ワイワイと賑やかな談話室、その扉の外側では。

「成長……見事に、見せてくれたわね」

廊下の壁に背を預けた状態で、桐須社長が小さく微笑みを浮かべていた。

「そう思うなら、直接褒めてやりゃいいのに」

そこに廊下の角からあすみが顔を出し、桐須社長がビクリと震える。

「べ、別段、格別に褒めるほどのことでもないわ。これくらいは当然のように乗り越えてもらわなければ困るもの」

慌てた様子で表情を取り繕《つくろ》う桐須社長に、あすみはニヤニヤとした笑みを浮かべた。

「それだけあいつらに期待してるってことですもんね？　まふゆ社長」

「ま、まぁ、そうと言えなくもないわね……というか『まふゆ社長』はやめなさいといつも言っているでしょう、小美浪さん」


なんてやり取りが、外で交わされているとは露知らず。

「よーし、それじゃあ明日も楽しんでこう！」

談話室の中では、成幸が差し出した手に三つの手が重ねられていた。

「『ｓｔｕｄｅｎｔｓ』、ファイッ！」

「「「オー！」」」

彼女たち『ｓｔｕｄｅｎｔｓ』は、まだまだ駆け出しの新人アイドルユニットである。

けれど今回、大きな試練を乗り越えて成長し。
成幸マネージャーと共に、トップアイドルへの道を確かに踏み出したのであった。

ぼくたちは勉強ができない 未体験の時間割

彼と天才は奇異なる[x]と遭遇す

月明かりも叢雲《むらくも》に閉ざされた、一際暗い夜。

「うへぇ、随分《ずいぶん》と遅くなっちまった……」

メイド喫茶『ハイステージ』でのバイト帰り、成幸《なりゆき》は早足で帰路に就いていた。

「……近道、するか」

ゴクリと息を呑《の》んでから、呟《つぶや》く。

若干《じやつかん》緊張の面持ちなのは、その『近道』が墓地に沿っているためだ。

「早く帰って勉強しないとだし」

しかし、その思いが成幸の足を墓地の方へと向けさせる。

「ははっ、幽霊なんていな……ゆ、幽霊が出るって決まったわけでもないしな」

以前、桐須《きりす》教諭と部屋の内見に行った際に出会った少女（？）のことを思い出して、

『いない』とは言い切れず。笑い飛ばそうとしたはずが、笑みは引き攣《つ》ったものとなる。

そして、その直後であった。

「ひ、ひひっ……」

啜《すす》り泣くような、あるいは笑い声のような、そんな音が聞こえてきたのは。

「な、なんだ……!?」

ビクッと身体《からだ》を震わせて、成幸は音が聞こえてきた方向……前方へと目を凝《こ》らす。

すると、墓地に差し掛かる辺りで蠢《うごめ》く影が視界に映った。

「ひひっ……ひっ……」

音は、どうやら『それ』から発せられているようだ。

(ま、まさか、化け物……!?)

顔を青くし、ジリジリと後ずさる成幸であったが。

「ひっ……ひん……」

「…………あれ？」

ふと、眉根を寄せた。

「ひぃ……ひぅ……」

その声が、聞き覚えのあるものに思えてきたからだ。

改めて凝視してみると、蠢く影はどうやら女性が蹲《うずくま》っている姿のようだ。

「ていうか……」

近づいていってみると、その体躯《たいく》がかなり小柄であることも確認出来た。

「……緒方《おがた》、か？」

成幸の問いに、影はビクリと大きく震え……それから、ゆっくりと顔を上げる。

「…………成幸さん？」

揺れる瞳に成幸の姿を映すのは、果たして理珠《りず》であった。

「こんなところで、何やってるんだ……？」

薄々状況は察しながらも、尋《たず》ねてみる。

「それが、近道のためにここを通ろうとしたのですが……」

「怖すぎて、動けなくなったのか……」

「はい……い、いえ、違います！　少し疲れたので休憩していただけです！」

一瞬頷《うなず》きかけて、慌《あわ》てた様子で理珠は首を横に振った。その顔には、ハッキリと涙の跡が残っている。というか、未だその目の端には大粒の涙が溜まっていた。

（相変わらず、無駄に強がるやつだな……）

密《ひそ》かに苦笑を浮かべた後。

「俺も、この道を通ろうと思ってたところだったんだ。よければ、一緒に行かないか？」

成幸は、理珠に向けて手を差し伸べる。

「そ、それはちょうど良いですね」

成幸の手を取って、理珠が立ち上がった。

「それでは休憩も終わりましたし、行きましょうか」

そのまま手を放そうとしない理珠に、一瞬恐怖とは別のドキドキが胸に生じるが。

（……俺が、しっかりしてやらないとな）

理珠の足がガックガクに震えているのに気付き、また苦笑を浮かべる成幸であった。

・・・○△×・・・

暗い墓地沿いの道を、二人はゆったりとした足取りで進んでいく。
けれど、それは決して望んで歩みを遅くしているわけではなく。
「ひっ!?　成幸さん、今そこの草むらがガサリと……！」
「単に風が吹いただけだよ」

「ひぅ!? 成幸さん、今目の前を何かが横切りました……!」

「ただの猫だよ」

「ぴゃん!? 成幸さん、電柱です!?」

「そりゃ、電柱くらいあるよ……」

ほとんど一歩ごとに理珠がビクッとなるので、遅々《ちち》として進んでいないだけであった。その度《たび》に、成幸は極力優しい声色《こわいろ》を意識して説明を加えていく。成幸の中にも恐怖心はあったのだが、隣でここまで騒がれては逆に怖さも引っこもうというものであった。

「あぁぁぁぁぁっ!?」

「!?」

とはいえそんな一際大きい叫び声には、流石《さすが》にビクッとなる。もっともそれは、恐怖というよりは間近で叫ばれた驚きによるものが大きかった……のだが、しかし。

「な、なりなりなりなり成幸さん……! あ、ああああれを……!」

理珠が指差す方向を見て、成幸もギョッと顔を強張《こわば》らせた。

黒い、何か。蠟燭《ろうそく》の炎のように、闇《やみ》の中にユラユラと揺れていた。一瞬遅れて、それが黒髪の女性であることに気付く。だが、こんな寂しい道になぜポツンと女性一人が立っているのか。それも、行くでも来るでもなくただ佇《たたず》んでいるのみ。だが、見られている、闇に紛《まぎ》れて顔立ちもわからないのに、なぜかそれだけはハッキリと感じられた。

パカッ……女性の顔にあたるのだろう部分に、ポッカリと穴が空く。

否《いな》、笑ったのだ。暗闇の中、やけに赤いその咥内《こうない》が浮き出て見える。

ゆらぁ。ゆらぁ。身体をゆったりと左右に揺らしながら、女性が近づいてきた。

その口が、一際大きく開く。まるで、こちらを捕食するかのように。

（緒方……！）

金縛りにあったかのごとく固まっている身体をどうにか動かし、成幸は理珠を庇《かば》う形で半歩だけ踏み出した。成幸の身体を緊張が駆け抜ける。

が、その直後。

「ふわぁ……」

気の抜けるような音によって、その緊張は粉々に打ち砕かれた。

「あっ、やっぱり成幸くんとりっちゃんだぁ」

次いで、聞き覚えのある声で呼びかけられ。

顔を視認できる距離まで接近したこともあって、ようやく相手の正体が判明した。

「ふ、古橋《ふるはし》……？」

「ふ、文乃《ふみの》でしたか……」

成幸が疑問混じりに、理珠が安堵《あんど》と共にその名を呼ぶ。

「うん？　二人とも、どうしたの？　そんな、おばけでも見たような顔して」

文乃が首を傾《かし》げた。

「あ、いや……古橋こそ、こんな時間にどうしたんだ？」

流石に「お前のことをおばけかと思った」とは言えず、質問で返すことで誤魔化《ごまか》す。

「いやぁ、それがちょっとそこのベンチで居眠りしちゃっててさぁ」

あはは、と照れたように笑う文乃。

（えぇ……？　いくら古橋といえど、こんなとこでこんな時間まで眠りこけてたって……

よっぽど疲れてたのか……？）

疑問は浮かぶが、本人がそう言っているのだから事実ではあるのだろう。

「って、もう真っ暗!?　あわわ、ごめん二人とも、わたしもう行くね！」

そこで今更周囲の暗さに気付いたのか、文乃は慌てた様子で駆けていった。

その背中を見送っているうちに、ふと頭にまた別の疑問も浮かんでくる。

（……古橋の家って、逆方向だよな？　用事でもあるのか？　こんな時間に……？）

とはいえ、まぁそういうこともあるだろうと無理矢理に納得しておくことにした。

「ははっ、おばけじゃなくてよかったな？」

気を取り直して、苦笑気味に隣の理珠に話しかける。

「べ、別に私は最初から怖がってなどいませんが？」

未だ震える声でそんなことを言う理珠に、成幸の苦笑は更に深まるのであった。

とにもかくにも、歩みを再開させた成幸と理珠。

それから、程なくのことであった。

ピチョン……まるで、水が滴《したた》るような音が聞こえてきたのは。

「な、成幸さん……!?　今、何か聞こえたような……!?」

「あ、あぁ、俺にも聞こえた……」

再び、二人の顔が強張った。

ピチョン……ピチョン……音は、徐々に成幸たちの方へと近づいてきているようだ。同時に、何かの臭いが漂ってきた。確かに嗅《か》いだことのある臭い。だが、何の臭いなのか思い出せない。頭の片隅《かたすみ》でそんなことを考えているうちに見る見る臭いは強まってきて、終《しま》いには噎《む》せ返る程になってきた。

闇の中で何かが蠢く。先程と……文乃と、同じくらいの大きさだろうか。

それから、共通するのはもう一つ。

見られている。今回も、それがハッキリとわかった。

成幸は、先程よりも大きく理珠の前に身体を出す。

それから、程なくして。

「おーっ、成幸にリズりんじゃん。こんなとこで、どしたの?」

漆黒《しっこく》から溶け出すように現れたのは、またも顔見知りの姿だった。

「うるか……」

「今度はうるかさんですか……」

二人の身体から、力が抜ける。同時に、臭いが急激に弱まった。元々、恐怖が感覚を鋭敏にしていただけだったのだろうか。その頃になってようやく、それが塩素の臭いであることにも気付いた。うるかの印象と紐《ひも》付けられた香りである。

「えっ、な、なに!?　なんか、あたしがいちゃいけないフンイキ!?」

二人の反応に、うるかは若干ショックを受けたような表情を浮かべた。

「い、いや、そんなことはないぞ！」

慌てて手を振りながら、成幸は彼女の顔を見てふと疑問を抱く。

「ていうか……なんで髪、そんなに濡れてるんだ……？」

その髪が、びしょ濡れと言って良いレベルで濡れていたためだ。そこから水が滴って地面に落ちる度に、ピチョン……ピチョン……と音を立てている。

「あっはは……ちょっと気分転換に泳いでこうと思ったら、予想以上に時間が経《た》っちゃっててて……それで、髪も乾かさずに慌てて出てきたってわけ」

「へぇ……？」

相槌《あいづち》を打ちながらも、成幸の疑念はあまり晴れていなかった。

（そういうとこは、キッチリしてる奴なはずなんだけどな……？）

それだけ慌てていたということか、と一応納得はしておく。

「そんじゃ二人とも、まったね〜！」

スチャッと片手を上げるや、うるかは走り去っていってしまった。

ピチョン……ピチョン……という音を、どこか不気味に伴って。

（うるかの家も、あっちじゃないけど……）

その背が消えていった方を見ながら考えていた成幸の袖《そで》が、クイクイと引かれた。

「あの……成幸さん……」

見上げてきた理珠の瞳は、不安げに揺れている。

「地面の上に落ちた雫《しずく》が、あんなに音を立てるものでしょうか……？」

言われて、成幸も初めてその点に思い至った。雨上がりならともかく、今日は一度も雨など降っていない。地面は乾ききっており、多少の水分など落ちた瞬間に吸いこまれていくことだろう。先程のような音が発生する状況だとは、とても思えなかった。

「それに、さっき塩素の臭いが……いくらプール上がりといっても、あんなに強く臭いますか……？　うるかさんだとわかった瞬間、急激に弱まった気もしましたが……」

「お、緒方もそうだったのか……？」

成幸も感じていたことだったので、気のせいだとは言いづらい。

ゆえに。

「あ、ははっ！　まぁ、その、なんだ、そういうこともあるよな！」

笑って誤魔化しておくことにした。

「そ、そそそ、そうですね……！　そういうこともありますね……！」

ガタガタ声と身体を震わせながら、理珠も同意する。

二人の表情は、かなり引き攣り気味であった。

・・・○△×・・・

再び歩み始めた二人の歩調は、気持ち速めとなっている。理珠は成幸の腕をガッシリと胸に掻《か》き抱いており、ちょっとやそっとでは放しそうになかった。

（ぐぉ……こ、これはこれで別の危機が……！）

腕に伝わってくる感触に、成幸は恐怖とは異なる意味での緊張に身体を強張らせる。

と、そんな時であった。

「おぁ……！　おぁ……！」

赤ん坊の泣き声のような、か細い音が二人の耳に届く。

「おあぁぁぁぁぁぁぁ!?」

ちなみに似たような響きであるが、こちらは理珠の叫び声である。

今度もサッと理珠の前に出ながら、前方を見つめる成幸。

「おぁぁ……！　おぁぁ……！」

「あぁぁぁぁぁぁぁぁぁ!?」

「ほんぎゃぁ……！　ほんぎゃぁ……！」

「ほぎゃぁぁぁぁぁぁぁぁぁぁぁぁぁ!?」

「びぇぇぇぇぇ……！」

「ひえぇぇぇぇぇぇぇ!?」

二つの声が、謎のハーモニーを奏でていた。

「お、緒方、ちょっと落ち着け……！」

ギシギシ腕を締めつけてくる理珠に、成幸も悲鳴を上げそうになる。

が、どうにか堪《こら》えて理珠の背をポンポンと叩いた。

「ほら、あそこ、赤ん坊だから……」

泣き声がする方から人の気配がしてきたので、そちらを指して宥《なだ》めようとするも。

「や、ややややはり赤ん坊がいるのですか!?」

むしろ理珠には逆効果だったようだ。

「いや、そういう霊的なアレじゃなくて普通に赤ん坊が……って、あれ……?」

徐々に輪郭《りんかく》がハッキリとしてきたところで、成幸は目を見開いた。

見えたのが、またも知っている顔だったためである。

「ほ、ほら夏海《なつみ》、お墓よ? 先人たちに敬意を払って、泣き止んでみてはどうかしら?」

オロオロした様子で腕の中の赤ん坊に話しかけているのは、桐須教諭であった。

「先生でしたか……」

「あら? 唯我《ゆいが》君に緒方さん……? こんなところで……」

一瞬驚いた表情を浮かべた後、桐須教諭はその目をギロンと鋭くする。

「詰問《きつもん》。こんな時間に二人で何をしているのかしら? 不純異性交遊に現《うつつ》を抜かすとは、受験を間近に控えていながら随分と余裕なようね?」

「えっ……?」

一瞬彼女の言っていることが理解出来なかった成幸だったが、改めて自分たちを……理珠と抱き合うようにしている体勢を客観視して、慌てて手をわたわたと動かした。

「や、違うんです！　これはそういうんじゃなくて、近道しようとこの道を通っていてですね！　そしたら、赤ん坊の声が聞こえてきまして……！」

「……理解。なんとなく、わかったわ」

成幸の説明はしどろもどろだったが、状況から察してくれたらしい。

「つまり、緒方さんが怖がって……」

「それは誤解です、桐須先生」

桐須教諭の言葉を遮《さえぎ》って、成幸の腕を放した理珠がスッとその正面に立った。

「私は少し驚いただけで、別段怖がっていたわけではありません」

なお、その足は未だガックガクに震えたままである。

「……そう」

一瞬そこに目を向けた後、そっと桐須教諭は目を逸《そ》らした。それ以上の言及がなかったのは、とりあえず一旦《いったん》強がる仲間として何か感じるものがあったのかもしれない。

「なんにせよ、高校生がウロついているような時間ではないわ。さっさと帰りなさい」

「あ、はい、それじゃ……」

「失礼します、桐須先生」

桐須教諭へと会釈し、歩みを再開させようとした成幸と理珠だったが。

「ふぇ……おぎゃぁぁぁぁぁぁぁぁぁぁ！」

桐須教諭の腕の中で、赤ん坊が派手に泣き始めた。

「っと……夏海ちゃん、また預かってるんですか？」

桐須教諭が抱く赤ん坊は、彼女の従妹《いとこ》である夏海のようだ。桐須教諭が以前にも一度預かっていたことを思い出し、成幸は夏海の顔を覗《のぞ》きこみながら尋ねた。

「ええ、今晩だけ……ただ急に泣き出してしまって、理由がわからなくて……」

桐須教諭は今もビシッとスーツを着こなしていることから、恐らくは着替える間もなく夏海の世話に勤《いそ》しんでいたのであろうことが窺《うかが》えた。

「確かに、おむつではなさそうですし……ミルクはあげたんですか？」

「ええ、つい先程」

「ん～……赤ん坊って、何か明確に理由があって泣いてるわけじゃない時もありますからね……ちょっと、抱っこさせてもらっていいですか？」

「わかったわ」

桐須教諭から夏海を受け取り、ゆったりとその身体を揺らしながら声をかける。

「よ～しよし、良い子だねぇ」

「ふぇ……ほぇ……」

すると、夏海の泣き声が徐々に収まっていく。そして、数秒の後には。

「……くぅ」

目を瞑《つむ》り、こっくりこっくりと船を漕《こ》ぎ始めた。

「……流石ね」

その様を見て、桐須教諭が目を見張る。

「今回は、たまたま俺の方が夏海ちゃんの気分に合ってたってだけですよ。いつも抱っこでどうにかなるとも限らないので、色んな方法を試してみてください。特定の音楽なんかで泣き止む子もいますし、鏡を見せるのが有効ってこともあります。あと、落ち着いた気持ちで抱っこしてあげた方が赤ちゃんも落ち着けますよ」

「成程……」

自身の経験から得た知識を伝えると、桐須教諭は感じ入ったような様子で頷いた。

「それじゃ、大変だとは思いますが……」

「感謝。助かったわ、ありがとう」

成幸に向けて静かな声で礼を言うと、桐須教諭は踵《きびす》を返して来た道を戻っていく。

それを見送ってから、ふと横を見てみると。

「……随分と慣れているのですね？」

理珠が、その大きな目でジッと見上げてきていた。

「ウチも、妹と弟がいるからな。昔はよくやったもんだよ」

「いえ、そういうことではなく先生との……」

いつか桐須教諭に言ったのと同じような答えを返すと、理珠はそう言って。

「……なんでもありません」

けれど、それ以上は続けることなく口を噤《つぐ》んでしまった。

「……？」

どこか拗《す》ねるような口調であったことに、成幸は頭の上に疑問符を浮かべる。

「それより私たちも行きましょう、成幸さん」

しかしそれを確かめる前に、理珠はさっさと歩き始めてしまった。

「……あの、早く来てください。それから、その、手を、また……」

だが結局、すぐに振り返って不安げに手を差し出してくる理珠であった。

心霊現象かと思いきや知り合いだった、という流れを三連続で経験した成幸と理珠。

「幽霊の正体見たり枯れ尾花……怪談って、蓋《ふた》を開けてみればこんなオチなのかもな」

「……そうかもしれませんね」

赤ん坊を見て少し和《なご》んだこともあり、二人の間に流れる空気は弛緩《しかん》しつつあった。

（……まぁ、こないだガチっぽいのにも遭遇したわけだけど）

桐須教諭との内見の際に出会った例の少女（？）のことが再び頭に浮かんだ成幸だったが、もちろん余計なことは口にしない。

そんな中。ぼやん……何かが、二人の目の前を横切っていった。

同時に生じる、見られているという感覚。

（そういえば、先生の時はこの見られてるって感じはしなかったな……？）

流石にここまでの流れを経《へ》て、成幸にはそんなことを考える余裕が出来ていた。

「な、成幸さん……今のは……」

「うーん……人魂《ひとだま》？」

若干ビクッとしている理珠に、軽い調子で答える。

くすくすっ……くすくすっ……。

次いで、少女の笑い声のようなものが聞こえてきた。

ぼやん……くすくすっ……。

火の玉のようなものと同時に、小柄な体躯がそこかしこの物陰《ものかげ》に見え隠れする。

「こ、こここ、今度は誰なのでしょうね……？」

声こそ震えているが、理珠のリアクションもこれまでに比べると薄いと言えた。

「そうだな……見た感じの身長から考えて……」

成幸は、頭の中に知り合いの姿を浮かべていく。

小さな体格から、連想するのは二人。うち一人は、隣にいる。となれば。

「……小美浪《こみなみ》先輩、ですか？」

問いかけると、火の玉も少女もピタリと姿を現さなくなった。

「勘弁してくださいよ、こんな手のこんだイタズラ」

推測が当たったがゆえのことだと思い、成幸は微苦笑を浮かべる。

「……あの、小美浪先輩？」

すぐにニヤリと笑ったあすみが出てくると予想していたが、そんな気配はない。

「先ぱーい？　いるんなら出てきてくださいよー！」

少し大きな声で呼びかけても、無反応であった。

「もう、帰ってしまったのでしょうか？」

「うーん……？　かなぁ……？」

それも彼女らしくないとは思ったが、反応が無いことにはどうしようもない。

「先輩、俺たちもう行きますからねー？」

最後にもう一度呼びかけてみるも、やはり返事はなかった。

「……それじゃ行こうか、緒方」

「あ、はい」

理珠と共に首を捻《ひね》りながらも、歩き出す。

コツン。成幸のつま先に何かが当たった。

「ん……？」

眉根を寄せながらしゃがんで、何が当たったのか確かめる。

「……かんざし?」

花柄の古びたかんざしを拾い上げ、成幸はますます眉間《みけん》の皺《しわ》を深めた。

「小美浪先輩のものでしょうか?」

かんざしをしげしげと眺めながら、理珠が疑問混じりにそう口にする。

「んんっ……? どうだろうな……?」

彼女がここでイタズラの準備をしていたのであれば、可能性は無くも無いと思えた。

もっとも、どうにも彼女のイメージに合わないのも事実であったが。

「……一応拾っとくか。先輩のものじゃなかったら、交番に届けることにしよう」

そう考えて、とりあえずはかんざしをポケットに入れた……その瞬間。

いいいい、
見られている感覚が生じる。

くすくすっ。耳元で、背後から囁《ささや》くような笑い声。

——遊んでくれてありがとう、お兄ちゃんお姉ちゃん
次いでそんな言葉が聞こえて、成幸の背をゾワゾワッと震わせた。

「っ!?」

慌てて振り返ってみるも、そこには誰もいない。

「……？　成幸さん、どうかしましたか？」

そんな成幸を見て、理珠が不思議そうに首を傾げた。

「な、なぁ緒方、今の声って……」

「声……？　何か聞こえましたか……？」

成幸の言葉に、ますます理珠は首の傾きを大きくする。

「ま、まさか、おばけの声ですか……!?」

それから、サァッと顔を青くして震え始めた。

「い、いやいやっ！　違う！　ただの空耳だった！」

慌てて首と手を横に振り、成幸は先の自身の言葉を否定する。

「そ、そうですか……？」

「あぁ、間違いない！」

上目遣いに尋ねてくる理珠に、力強く言い切った。

（そうだよな……空耳に決まってる）

それは、自分を納得させるためでもあった。

「ほら、さっさと行こうぜ。せっかく近道したのが無駄になっちまう」

「は、はい」

手を差し出すと、すぐに理珠の手が重ねられる。もはや、条件反射的な速さである。

それから、歩くことしばし。

「あの……成幸さん」

墓地に面する道も終わろうかという頃に、理珠がポツリと呟いた。

「今日は、どうもありがとうございました」

「ははっ、俺もどうせここ通るつもりだったから。ついでだよ」

この道を通るのに付き合ったことへの礼だと思い、成幸は軽く笑う。

「いえ……それも、そうなのですが」

小さく首を振った後、理珠が見上げてきた。

「何かに出くわす度、私を庇ってくれていたではないですか」

そして、ふんわりと微笑《ほほえ》む理珠。

「頼もしかったです、成幸さん」

手を繋《つな》いだまま、至近距離でそんな風に言われて。

「お、おぅ……」

何と返して良いものやらわからず、成幸は赤くなった顔を逸らすのであった。

そこからは特に何事も起こらず、墓地の脇を通り抜けて理珠を家まで送り……その際、放すタイミングを逸《いっ》していたせいで手を繋いだままだったことで理珠の父にしこたま睨《にら》まれる、などといった一幕もありつつ。成幸も、無事に家まで辿《たど》り着いた。

「はぁ……ちょっと近道しようと思っただけなのに、なんかドッと疲れたな……」

一連の出来事を振り返り、溜め息を吐いて。

「……最後の、本当に空耳だったのかな……？」

やけにハッキリと聞こえた声に思いを馳《は》せるも、答えはどこからも返ってこなかった。

翌朝。

「よぅ緒方、おはよう」

登校中にその小柄な後ろ姿を見つけた成幸は、少し足を速めて追いつき挨拶《あいさつ》を送った。

「おはようございます、成幸さん」

振り返った理珠が、小さく頭を下げてくる。

「昨日は、なんつーか大変だったな」

「え、えぇ、その節は……」

苦笑気味に言うと、理珠は赤くなった顔を逸らした。昨夜のあれこれを今になって恥ずかしがっているようだが、そんな反応に成幸も感触などを思い出して顔が赤くなる。

お互いに目を逸らし、若干気まずい空気が流れる中……何か別の話題はないかと視線を彷徨《さまよ》わせたところ、ちょうど隣を通り過ぎようとしている人物が目に留まった。

「おはようございます、桐須先生」

今日もビシッとスーツを着こなし背筋を伸ばす、桐須教諭である。

「おはよう。唯我君、緒方さん」

「おはようございます」

足を止めた桐須教諭に、理珠も頭を下げた。

「先生、夏海ちゃんの調子はどうですか？」

「あの後は朝まで眠ってくれて、今朝叔母が迎えに来たわ。昨夜はお世話になったわね」

「いえいえ」

「それじゃ二人とも、遅刻には気をつけて」

軽く雑談を交わした後、桐須教諭は歩みを再開させて離れていく。

「よう後輩たち、奇遇だな」

桐須教諭とちょうど入れ替わるような形で声をかけてきたのは、あすみであった。

「「おはようございます」」

成幸と理珠の挨拶が重なる。

「先輩は、これから予備校ですか？」

「あぁ」

頷くあすみに、ふと成幸は彼女へと確認すべき案件を思い出した。

「そういえばこれ、先輩のです？」

昨日からポケットに入れっぱなしだったかんざしを取り出し、尋ねる。

「ん？　いや、違うけど。ていうか、なんでアタシのだと思ったんだ？」

軽く確認しただけで否定し、あすみは首を傾けた。

「昨日の場所に落ちてたんで……ていうか先輩、酷《ひど》いですよ。イタズラするなら、せめて

ネタバレしてくれないと。なんか、変な感じで終わっちゃったじゃないですか」

「うん……？」

成幸が苦笑気味に抗議すると、あすみの首が更に傾く。

「何の話だ？　バイト中に何かしたっけか？」

「いや、じゃなくてバイトの後……」

「つっても、店の前で別れた後は会ってないだろ？」

「……へ？」

あすみの返答に、今度は成幸の首がコテンと傾くこととなった。

「や、その、墓地沿いの道で……俺たちにイタズラ、しましたよね……？」

「はぁ？　墓地沿いの道でイタズラぁ？」

成幸の言葉を受けて、あすみが盛大に眉をひそめる。

「あのな、後輩……」

次いで、これみよがしに大きな溜め息を吐いた。

「そんなに暇なわけねーだろ、浪人生ナメんな」

「あ、はい、すみません……」

グイッと顔を寄せられながら凄《すご》まれ、成幸は冷や汗を浮かべて頷く。

「えっ……？　じゃあ、昨日のは……？」

「ん……？　墓地に、かんざし……？」

成幸が疑問を抱く中、目の前のあすみはふと何かを思い出したような表情となって顎《あご》に指を当てた。どうしたのかと尋ねようとする成幸だったが。

「おはよーっす！」

「おはよう、成幸くん、りっちゃん。あっ、小美浪先輩も。おはようございます」

うるかと文乃が合流してきて、そのタイミングを逸する。

「うん……？　成幸、どしたん？　なんかシンミョーな顔じゃない？」

「あー……その、何ていうか……」

うるかが少し心配げに顔を覗きこんでくるが、成幸の頭は絶賛混乱中であった。

「そ、そういえば、うるか。風邪とか大丈夫か？」

昨夜の出来事から連想して、唐突気味な質問が口をついて出る。

「風邪？　別に元気だけど、なんで？」

「や、昨日髪がびしょ濡れのまま帰ってたろ？」

「へ？」

「は？」

うるかの疑問の声に、成幸も思わず似たような声を出してしまった。

「だって、プール上がりに髪乾かさないまま慌てて出てきたって……」

「何のこと……？　そもそも、ここ最近泳いでないのは成幸だって知ってるっしょ？　ていうかあたし、髪乾かさないで放っておくほどガサツじゃないんだけどー？」

「わ、悪い、そうだよな……！」

プクリと頬《ほお》を膨らませるうるかに慌てて返しつつも、成幸の鼓動はバクバクと高鳴っていた。それは、うるかが不用意に距離を縮めてきたから……だけではなく。

「と、ところでちょっと確認なんだけどさ古橋」

少し早口になりながら、今度は文乃へと話を振る。

「昨日の夜、墓地の隣の道にいたよな？　ほら、そこら辺で居眠りしてたって……」

「え……？　いや、普通に家で勉強してたけど？　ていうか成幸くん、わたしのことなんだと思ってるの？　いくらなんでも、墓地の傍《そば》で眠りこけられるほど神経図太くないよ」

「そ、そうか、スマン……」

少し機嫌を悪くする文乃に謝りながら、成幸は考える。あすみも、うるかも、文乃も、昨晩の件を否定した。ならば、彼女たちの姿をしたアレは何だったのか。

ゾワゾワゾワッ！　背を悪寒が駆け抜ける。

「……思い出した」

とそこで、あすみがポツリと呟いた。

「聞いたことがある……『墓地の少女』だ」

その顔つきは、神妙なものである。

「そこに埋葬《まいそう》されてるとある女の子は、幼い頃に死んでしまったために今でも遊び相手を求めてるって話だ。だから傍を通った奴の記憶にある誰かの姿で現れて、からかって遊ぶんだってさ。そんで、その女の子のトレードマークっつーのが……」

その目が、成幸の持つかんざしへと向けられる。なんとなく、次の言葉は予想出来た。

「花柄のかんざし」

果たして、彼女が口したのは成幸が思った通りのもの。

「い、いやぁ、またまたそんな……」

いつも通り、あすみがからかっているのだと思った。というか、思いたかった。「なんちゃって」と笑ってくれるのを期待した。しかし、いつまで待ってもそんな場面は訪れず。何より、昨夜の出来事には不可解な状況が多すぎると成幸も認識してはいた。

「なぁ？　緒方……」

それでも救いを求めて、傍らの理珠へと目を向ける。

（……そういえば、さっきから静かだな）

そこで、ふとそんなことを思った。既《すで》に何度か叫んでいてもおかしくないはずなのに……と彼女の顔を窺うと、そこには仏のように穏やかな笑みが浮かんでいた。

「……緒方？」

再度呼びかけても、何の反応も無い。

「緒方、どうかした……あっ、駄目だこれ気絶してる！　緒方、しっかりしろ緒方ぁ！」

いつの間にやら、彼女はひっそりと立ったまま気絶していたらしかった。

そこからは理珠を保健室に運んだりてんやわんやで、話は有耶無耶《うやむや》になり。

——くすくすくすっ
昨日より楽しそうに笑う少女の声は、今度は成幸の耳にも届かなかった。

ぼくたちは勉強ができない
未体験の時間割

[x]と化した天才は嘗て知らざる数々を知る

「うぅ、今日も数式との闘いは激しかったよぅ……」

とある夕刻、文乃《ふみの》はそんな呟《つぶや》きと共に若干《じゃっかん》フラつく足取りで帰路に就いていた。

「癒《い》やしが……癒やしが欲しい……フワフワした感じの……子犬とか、子猫とか……」

「お嬢さん、そこの可愛《かわい》いお嬢さん」

虚《うつ》ろな目で歩いていると、横合いからそんな声が聞こえてくる。

そちらに目を向けると、見知らぬ老婆《ろうば》が道端に露店を広げて座っていた。

「えっと……わたしのこと、ですか……？」

「えぇ、そうですよお嬢さん」

自分を指しながら尋《たず》ねてみたところ、老婆はにこやかに頷《うなず》く。

「どうにもお疲れのご様子。そんなお嬢さんには、この商品がオススメですよ」

それから、ヘアバンドと思《おぼ》しきものを取り出した。

「ズバリ、『動物の気持ちがわかるバンド』です」

「は、はぁ……」

商品名は、言われずともわかった。なぜならば、ヘアバンドの前面にデカデカと『動物の気持ちがわかるバンド』と書かれていたためである。

「いやあの、わたし、そういうのはちょっと……」

変なものを押し売られては敵わないと、やんわり断ろうとした文乃だったが。

「値段はなんと、今なら十円ですよ」

「安っ!?」

その価格設定に、思わず食いついてしまった。

（そういうジョークグッズか……ふふっ、今度の勉強会につけていったらウケるかも）

前面に『動物の気持ちがわかるバンド』とデカデカ書かれたヘアバンドをつけた自分が真面目な顔で勉強しているというシュールな光景を想像し、クスリと笑う。

「わかりました！　それ、買います！」

そして、老婆に向けて十円玉を差し出したのであった。

「はい、毎度ありぃ」

ニコニコと笑う老婆から、ヘアバンドを受け取る。

「つけて一晩眠ると、あら不思議。動物の気持ちが痛いほどわかるようになりますよ」

「あはは、そうなんですね」

あくまで『本物』という体《てい》を崩さない老婆に、愛想《あいそ》笑いを返す文乃。

「それじゃ、わたしはこれで」

踵《きびす》を返し、老婆に背を向ける。そのまま振り返ることなく、しばらく歩き……角を曲がったところで、スマホが鳴った。確認すると成幸《なりゆき》からメッセージが届いており、内容は『ペンケース忘れてるぞ!』というものだった。

「わわっ、やっちゃってた!」

慌《あわ》てて取りに向かう旨《むね》のメッセージを返して、来た道を駆け足で戻る。

「……あれ?」

と、再び角を曲がったところで首を傾けた。

「さっきの人、もう店じまいしたのかな……?」

老婆の露店が、綺麗《きれい》さっぱり消えていたためである。確かに店構えは簡素なものだったが、先程から数分と経《た》っていない状況で後ろ姿すら見えないのは少し引っかかった。

とはいえ、ありえないと断じられるほどのことでもなく。

「……って、急がないと！」

成幸を待たせていることを思い出し、今の出来事は文乃の頭からすぐに消え去った。

その夜。

「ふわぁ……もう寝ようかな……明日は祝日だし、まずはゆっくり休養だよね……」

再び数式と闘っていた文乃は、思考が鈍ってきていることを自覚してそう呟いた。

あくびをしつつベッドに向かう、その途中。

「……あ、そういえばこんなの買ったんだったなぁ」

ふと『動物の気持ちがわかるバンド』が視界に入ってきて、軽く笑った。

「せっかくだから、つけて寝てみよっと……」

そんな判断に至ったことからも、脳がかなり疲れ気味であることが窺《うかが》える。

半分眠った状態の頭に、ヘアバンドを装着。

「これで、明日になったら動物と話し放題だぁ……むにゃ……」

頬《ほお》を緩ませたままベッドに倒れこみ、文乃の意識は夢の世界へと旅立っていった。

・・・○△×・・・

【んんっ……】

キュン……耳元にそんな音が届いた。反面、自分の声はなぜか聞こえなかったような。

意識が覚醒《かくせい》してくるにつれて、強烈な違和感を覚え始める。まるで、自分の身体《からだ》が昨日までと全く別物に変わっているような感覚。なんだかやけに色んな匂いを鼻に感じるし、目を開けるとぼんやり見える景色もいつもと違うし、ベッドで布団にくるまっているはずが毛に包まれているような感触がした。

【ん……?】

キュン……? また、自分の声に代わるようにそんな音が聞こえた。

頭が働きだすのと比例して、違和感が増大していく。

【んんっ……?】

キャウン……? 身体を起こそうとしても、なぜだか上手《うま》くいかない。

仕方なく、這《は》い出るように布団から抜け出した。

【あいたっ!?】

キャン!? ベッドから落ちてしまい、思わず悲鳴を上げる。

【あれ……? ちょっとこれ、どうなってるの……?】

キュウン……? 口から出てくるのは、鳴き声のような音だけ。

そんな中、ふと姿見が目に入ってきて。

【は……? え、ぇぇぇぇぇぇぇぇぇ!?】

キユゥゥゥゥゥゥゥゥン!? 文乃は、ようやく自分の身に起こっていることを知る。

【わたし、犬になってるぅぅぅぅぅぅぅぅぅぅぅ!?】

鏡に映っている姿が、どう見ても子犬のそれだったのである。黒い毛並みの、愛らしい体躯《たいく》。何かの間違いではないかと動いてみれば、鏡の中の子犬も全く同じ動作を取る。

【……ハッ! そっか、さてはこれ……!】

そこで文乃はピンと、とある可能性に思い至った。

【夢、だね? こないだは巨乳になる夢でぬか喜びさせられたし、今度は騙《だま》されないよ】

そう思って、フフンと鼻を鳴らした文乃であったが。

【……そういえば。さっきベッドから落ちた時、普通に痛かったような】

つい今しがたの感覚を思い出し、再び現状について認めることを迫られる。犬の身でなければ、その頰にツゥと汗が流れていたことであろう。

【まさか、『動物の気持ちがわかるバンド』って……自分が動物になるってことなの!?】

考えられる原因といえば、それくらいしかなかった。

【と、とにかく……昨日のお婆《ばあ》さんのところに行ってみよう!】

そう思い立って、駆け出す。昨晩ちゃんと閉めるのを忘れていたようで、自室のドアが半開きになっていたのは助かった。いつもよりずっと大きく見える階段を、全身を使って慎重に下りていき。ちょうど開こうとしていた玄関のドアを走り抜けて、外に飛び出す。

「……子犬?　文乃が拾ってきたのか……?」

玄関のドアノブに手をかけていた父、零侍《れいじ》の呟きが背中越しに聞こえた。


そうして外に出て、しばらく。

いつもと全く異なる低い視界……そこに、一匹の犬の姿が映った。ご近所で飼っている大型犬のボブだ。獰猛《どうもう》なことで知られ、気安く近づかないよう周知されているのだが。

（……今なら、あの子のお話も聞けるんだよね）
ふと、そんなことを思った。
（せっかくなんだし、多少は恩恵に与《あずか》っとかないとね）
そう考えて、ボブの前で足を止める。
【おはよう、ボブ】
話しかけると、ボブがジロリと睨《にら》んできた。
【わたしは……えっと、最近この辺りに引っ越してきたんだけど】
思わずビクッとしつつも、話しかけ続ける。
【わたしと、お話ししませんか？】
ボブからの反応は、目線以外にない。
【あの、聞こえてます……よね？】
恐る恐る尋ねると、ボブが口を開いた。
（おっ、通じた!?）
と、文乃の胸が期待に膨らむ。
「バウバゥッ！　ガゥ！」

「キャン!?」

しかしボブが突然吠《ほ》えだし、文乃の尻尾は自分の意思とは無関係に丸まった。

「ガゥガゥ！　ガァゥ！」

【あ、あの……何か、怒ってます……？】

「グルルゥ！　ギャヮン！」

【あれ……？　ていうか、ちょっと待って……もしかしなくても、これ……】

文乃は、ここで重要な点に気付く。

それすなわち。

【結局、動物の言葉がわかるようにもなってないじゃねぇか!?　だよ！】

ボブの鳴き声が今まで通りにしか聞こえない、ということである。

【この姿になってるのに犬の言葉がわからないって、逆にどういうことなの!?】

絶対老婆に文句を言ってやらねばと、文乃はボブを後にして再び猛然と駆け出す。

「キュン!?」

しかし、すぐに何かにぶつかってしまって鳴き声を上げることとなった。

「キュ〜ン……」

目の前には巨大な何かがいるようで、文乃は涙目でそれを見上げる。

すると。

「わわっ、子犬!?　かっわい～！」

【うるかちゃん!?】

輝く笑顔で見下ろしてくるのは、見知った女の子だった。

「ほーら、おいで～」

【あわわっ……!?　こ、怖っ!?】

いきなり抱き上げられ、背丈の何倍もの高さまで運ばれたことに恐怖が生じる。

「って、ありゃ……？　首輪つけてない……？」

文乃を間近で見つめ、うるかは眉根を寄せた。

「野良……？　にしては綺麗だけど……迷子かな？」

知っている顔であっても、自分の身体より大きいともなればこれも少し怖い。

「よしっ、とりあえず一旦《いったん》ウチに来なよ！　知り合いにブリーダーさんがいるから、その人のネットワークで飼い主さんを探してあげられるかもしれないしね！」

【ち、違うの！　わたし、お婆さんの露店を探さないといけなくて……！】

説明しようとするも、ヒャンヒャンと吠える形にしかならない口では伝わるはずもなかった。それでも、うるかの腕の中でジタバタしていると。

「大丈夫大丈夫、怖くないからねー」

【むぎゅっ……】

ギュッと抱き竦《すく》められ、文乃は黙らざるをえなくなった。

それは、物理的に口が塞がれたというせいもあったが。

（今の身体だと、このサイズがますます大きく感じられるよ……！）

恐怖とは別の、ちょっと黒い感情が湧き上がってきてしまったせいでもある。

「よしよし、そのまま良い子にしててね〜」

それを文乃が安心したからだと判断したのか、その状態でうるかは歩き出した。

（うぅ……うるかちゃんって、こんなに犬好きだったんだ……）

文乃としても出来ることがなく、そのまましばし。

「おや？　うるかさん、こんなところで奇遇ですね」

聞き覚えのある声が聞こえ、文乃は身じろぎして視界を確保する。

「おっ、そうだねー。おっはよー、リズりん」

「おはようございます」

果たして、そこに見えたのも知っている顔であった。緒方《おがた》うどんの従業員用制服を着て岡持ちを手にしていることから、出前の途中なのだろう。

「その子犬、どうしたのですか？」

文乃に目を向け、理珠《りず》が首を傾けた。

「うん、さっきそこで拾ってね。迷子みたいだから、保護しておこうと思って」

「そうなのですか」

【お願いりっちゃん！　うるかちゃんを説得して！　わたし、行かないといけないの！】

興味深げに見つめてくる理珠へと、文乃は必死に訴える。もちろん口から出るのはキャンキャンという鳴き声で、伝わることなどない……と、思っていたのだが。

「ふむ……」

真っ直ぐ目を合わせてくる理珠は、まるで文乃の話に耳を傾けているようであった。

【あれっ……!?　りっちゃん、もしかしてわたしの言葉が通じてる……!?】

「はい、そうですね」

文乃の鳴き声に頷いてくれる理珠に、文乃は希望を見出す。

【信じられないかもしれないけど、わたし文乃なの！】

「ほぅほぅ」

【それでね、こうなった元凶を探しに行かなきゃで！】

「なるほど」

【だから、うるかちゃんにわたしを放してくれるよう言ってほしいんだよ！】

「そういうことですか」

どうやら、思った以上にすんなりと話は通じたらしい。

「凄《すご》いねリズりん、この子の言ってることがわかるんだ」

うるかも、感心の表情を浮かべていた。

「心理学を専攻しようというのですから、これくらいは当然です」

「いや、それはあんまり関係ないんじゃないかなーって思うけど……」

ドヤ顔を浮かべる理珠に、今度は少し苦笑気味に。

（わたしも、うるかちゃんに同感だけど……ま、まぁでも、ホントに助かったよ！）

とにもかくにもこれで大丈夫そうだと、文乃は安堵《あんど》する。

「で、この子は何て言ってたの？」

「はい、それはですね」

と、理珠は岡持ちの蓋《ふた》を開け。

「どうやら、お腹《なか》がすいているようなのです」

【違うよ!?】

うどんを差し出された文乃は、キャン！　とツッコミを入れた。

「あー、なるほどそうだったのか。ごめんね、気付かなくて」

【違うよ!?】

うるかにもあっさり納得されてしまい、キャン！　とツッコミを入れた。

「実は道中で一つキャンセルが入って、廃棄するしかないかと思っていたところだったのです。遠慮なく食べてください。ちょうどネギ抜きでしたのでご安心を」

だが訴えが通じた様子もなく、理珠は引き続きうどんを差し出している。それに対して、更に抗議を加えようとしたところで……くぅ、と文乃のお腹が可愛らしい音を立てた。

（ぐぅ、そういえば朝から何も食べてないんだった……！）

犬の身でなければ、今頃文乃の顔は真っ赤になっていたに違いない。

【違うけど……！　そういうことを言いたかったんじゃないけど……！　それはそれとし

て、りっちゃんありがとう！　いただきます！　廃棄はもったいないしね！】

実際にはそんなことを言っているわけだが、キュンキュン言いながらガツガツとうどんを食べる様は、お腹をすかせていた子犬が喜んでいるようにしか見えないことだろう。

【ふぅ、ごちそうさまー】

結局うるかに抱かれたまま、文乃はものの数分でうどんを全て平らげた。

「いえ、お粗末様です」

そんなところだけは通じたらしく、理珠が軽く頭を下げる。

【……って、こんなことやってる場合じゃなくて！　うるかちゃん、放してー！】

そこでようやく当初の目的を思い出し、キャンキャン吠えながら身じろぎする。

「おっとと、元気が出てきたみたいだねー。でも、ウチまで大人しくしててねー」

【そういうことじゃなくて！】

「ふむ……なるほど」

【りっちゃん、なんでまだそんな自信満々に言ってることがわかってる風なの!?　って、結局わたしが食べちゃったからか！　自分で自分の首を絞めちゃってるよわたし！】

状況は、割と絶望的であった……かに、思われたが。

「もしかすると、この子は迷子ではなく行きたいところがあるのではないでしょうか？」

ここで、理珠がまさかの正解を言い当てた。

【それー！　ナイスりっちゃん、それだよ！】

ここぞとばかりに、文乃は激しく首を縦に振る。

「あれ……？　もしかしてこの子、頷いてる……？」

「犬も、人間の幼児並みの知能を持っていると聞いたことがあります。私たちの言っていることをある程度理解している可能性はあるのではないでしょうか」

ある程度どころか余すことなく理解しているので、引き続きブンブンと頷いてみせた。

「そっか……行きたいとこがあったんだね。邪魔しちゃったみたいで、ごめんね」

【あっ、いや、でも、うるかちゃんの優しさは嬉《うれ》しかったよ？　ありがとう】

今度は首を横に振る。

すると、うるかと理珠は顔を見合わせた。

「もしかすると、本当に理解しているのかもしれませんね……」

「賢いね～！」

グリグリと文乃の頭を撫《な》でてから、うるかが地面に降ろしてくれる。

（地に足をつけられるのって、こんなにも安心出来ることだったんだね……）

ようやく、文乃はホッと安堵の息を吐いた。

【それじゃ二人とも、また……今度は、人間の姿でね！】

そうなっていてほしいという願いもこめて、ヒャン！　と別れを告げる。

「いってらっしゃい」

「気をつけてね～！」

理珠は身体の前で小さく、うるかは目一杯大きく。

それぞれ手を振る二人に見送られ、文乃は再び走り出した。

・・・○△×・・・

しばらく駆けていくと、前日に老婆が露店を出していた辺りに辿《たど》り着く。

しかし、今日はそこには店を構えていないようだ。

（どうしよう、他に心当たりなんてないよ……って、あっ！　いた！）

一瞬途方に暮れるも、周囲を見回していると向かいの歩道に件《くだん》の老婆の姿が見えた。

【ちょっとお婆さん、昨日買った商品のことなんですけど！】

ヒャンヒャンと鳴きながら、文乃は老婆に向けて駆け出す。

その目には、目標の姿しか入っていない。

ゆえに、気付けなかった。

ファァァァァァァァァァァン！

横合いから、けたたましいクラクションの音が鳴り響く。文乃は、老婆に向かって走っているうちに車道に飛び出していたのだ。この時点で跳び退《の》けばまだ回避も出来たのだが、驚きに身を固くしてしまい動けなくなっていた。

（あれ……？　もしかしてわたし、ここで死ぬ……？）

車が迫ってくる中、脳が妙に冷静にそう考える。この小さい身体に自動車がぶつかれば、ひとたまりもないだろう。そして、その未来は既《すで》に数秒後にまで迫っていた。

（嗚呼《ああ》、死ぬならせめて人間の姿で死にたかったよぅ……）

だが、しかし。

「危険！」

そんな声と共に、文乃の身体はフワリと抱き上げられた。

文乃を抱えた人物は、勢いよく歩道に転がりこむ。そして、そのまま一回転してスッと立ち上がった。抱えられた文乃からすれば景色がグルグルと回っているようにしか感じられなかったが、傍《はた》から見れば実にスムーズな動きであった。その華麗《かれい》な救出劇に、周囲から「おぉっ！」という声と拍手が巻き起こる。

そして、それを一身に受ける人物が誰かといえば。

「救出……間に合ったようね」

【き、桐須《きりす》先生！】

今度もまた顔見知り、桐須真冬《まふゆ》教諭であった。

【ありがとうございますぅぅぅぅ！　危うく死ぬところでしたぁぁぁぁぁぁ！】

桐須教諭の腕の中で、文乃はキューンキューンと鳴く。

「怖かったわね。もう大丈夫よ」

それに対して小さく微笑《ほほえ》んで、桐須教諭が文乃の頭を撫でた。

（先生……）

それを見て、文乃の内心を驚きが占める。

（こんな風に笑うことも、あるんだ……）

文乃が知る桐須教諭は、いつも厳しい表情を顔に貼りつけたクールな女性であった。かつての『冷たい』というイメージこそ今はもう抱いてはいないが、それでも彼女のその優しい微笑みはとても新鮮に映る。

（わたし、まだまだ先生のこと全然知らないよねぇ……）

ふと、そう思った。

同時に……知りたい、とも思った。

桐須教諭が『教育係』を務めていた頃には、そんな発想すらなかった。もしかすると当時もっと彼女のことを知ろうとしていれば、今と違った未来もあったのかもしれない。

理珠と共に桐須教諭と笑い合い、勉強に励む。そんな光景が、一瞬幻視された。

（まぁ、そうならなかったからこそ成幸くんと関わるようになれたわけだけど）

今の『教育係』のことを脳裏に思い描く。彼が『教育係』になってくれたからこそ文乃は数式に怯《おび》えなくなったし、父も進路を認めてくれた。そもそも彼の存在無しでは、今でも父とちゃんと話すことすら出来ていなかっただろう。彼には感謝してもしきれない。

（まぁ、わたしの胃痛の主な発生原因でもあるんだけどね……）

苦笑を浮かべたつもりが、犬の身ではヒクッと口が動いただけだった。

（……胃痛、か）

次々フラグを立てていくあの野郎に、いつも苦労させられているのは事実である。

……事実で、あった。

（今は、わたしも……）

トクン、と文乃の心臓が跳ね……それと、ほぼ同時のことであった。

「先生、お手柄ですね」

「……唯我《ゆいが》君、見ていたの？」

頭の中に浮かべていた人物が、目の前に現れたのは。

【な、成幸くん!?】

一瞬遅れて、キャウ!?　と文乃は驚きの声を上げた。

【ち、違うからね!?　今のはその、別に、そういうアレじゃないから！】

あまりのタイミングの良さに内心を見透かされていたような気分になり、キャンキャン吠える。そんなわけはない上に言葉も通じないので、二重の意味で無駄な行動であった。

「おっと、俺は嫌われちゃったかな……？」

文乃の鳴き声を警戒ゆえのものと判断したのか、成幸が苦笑を浮かべる。

「あっ、そうだ。先生、良ければ」

それからふと表情を改めて、鞄《かばん》から何かを取り出し桐須教諭に差し出した。

（……絆創膏《ばんそうこう》？）

それを見て、文乃は首を傾ける。

「そこ、使ってください」

しかし成幸が桐須教諭の手の甲を指したことで、その意味を理解した。そこには、小さな傷が刻まれていたのだ。どうやら、文乃を助けてくれた時に擦《す》りむいたらしい。

「……よく見ているわね」

そう言いながらも驚いた様子はなく、桐須教諭は素直に絆創膏を受け取る。

それも、文乃にとっては意外なことだった。

「先生のことだから、ただ格好いいだけでは終わらないかな……なんて、思いまして」

「遺憾《いかん》。どういう意味かしら？」

「ははっ、すみません」

そして、そんなやり取りを更に意外に思う。

（先生と成幸くんって、こんな感じで話すんだ……？）

二人の間に流れる空気は親しげで、お互いに気を許しているのがわかった。成幸はともかく、桐須教諭が誰かとそんな風に話す姿を、少なくとも文乃は見たことがない。

それに、成幸は成幸で普段よりもどこか力が抜けているように見えた。彼にとって文乃たちは『生徒』だから、しっかりとした姿を見せていなければいけない……といった気負いでもあるのだろうか。

(成幸くんにとって、先生は特別……なの、かな)

そんなことを考えると、チクリと胸が痛んだ。

「ところでこの犬、野良ですかね？　首輪つけてませんけど」

「毛並みも綺麗だし、そんなことはないと思うけれど……」

と、二人の会話を聞くうちにハタと今の状況を思い出す。

【そ、そうだ！　わたし、行かなきゃいけないんです！】

先程老婆がいたところに目を向けるも既にその姿は消えており、文乃はキャンキャン吠えながら桐須教諭の腕の中でジタバタと動いた。

「っとと……今放してあげるから、暴れないで」

桐須教諭が、そっと地面に降ろしてくれる。

【先生、危ないところを本当にありがとうございました！　成幸くん、また明日ね！】

ペコリと頭を下げて、文乃は再び駆け出した。

「……今、お辞儀しました？」

「偶然……じゃないかしら……？」

そんな声を背中に受けながら。


今度はちゃんと信号が青になってから道路を渡り、先程老婆がいた場所に到着。

（うーん、完全に見失っちゃったなぁ……）

だが周囲を見回してもその姿は影も形もなく、文乃は途方に暮れてしまった。

（あそこの公園で、また露店やってたりしないかな……？）

希望的観測を抱きながら、とりあえず目に入った公園へと足を踏み入れる。

「ワン？」

老婆の姿を探しながら公園の中を歩いていると、そんな鳴き声が聞こえてきた。文乃のものではない。鳴き声の方に目を向けると、白い犬の親子がこちらを見ていた。

「ワンワンッ」

子犬の方が何やら話しかけてきているようだが、文乃には理解出来ない。
【ごめんね。わたしこんな姿だけど、あなたたちの言葉はわからないの】
キュン……と鳴いて返すも、向こうに通じているのかどうか……と、思っていたら。
『もしかして、これでつうじるワン？』
【えっ!? わかる!? わかるよ！ 時間差でバンドの効果が!?】
なんて、驚きを浮かべる文乃だったが……しかし、一瞬の後に気付いた。
『やっぱり、つうじるみたいだワン』
【……いや違う!? これ、このワンちゃんが日本語を書いてるだけだ!?】
親犬の方が、器用に前足を動かし地面に文字を書いているということに。
【えっ、凄っ、賢《かしこ》っ!?】
色んな意味で衝撃であった。
『わたしはペロ、あなたワン？』
【あっ、文乃です……って、通じてないかもしれないのか】
キャンと鳴いてから気付き、文乃も前足で地面に文字を書く。
『ふみのです』

流石《さすが》に漢字は通じないかと思って、全てひらがなだ。

『ふみのワン、そんなにショボンとしてどうしたワン？』

『さがしてるひとがいるんだけど、みつからなくて……』

『なるほどワン』

ペロはコクンと頷いてから、首を傾《かし》げた。

『なら、においをたどればいいのでワン？』

『におい……』

言われて、文乃はハッとしてヒクヒクと鼻を動かす。今まで意識していなかったが、集中すれば空気中を漂う様々な匂いを嗅《か》ぎ分けることが出来るようになっているようだ。匂いの中には、先程老婆がいた辺りから続いているものもある。

『いけそう！　いけそうだよペロちゃん！　ありがとう！』

『いいってことだワン』

文乃の礼に、ペロがもう一度頷く。

そこでふと、文乃は疑問に思った。

『あの……どうして、みずしらずのわたしをたすけてくれたの？』

尋ねると、ペロは言葉を探すように視線を左右に彷徨《さまよ》わせる。
『なつかしいにおいがしたから……ってとこだワン』
そして、フッと笑った……ような、気がした。
『なつかしいにおい？』
疑問形で書いても、今度は答えが返ってくる様子はない。
子犬の方もわかっていないのか、首を捻《ひね》って親犬の方を見ていた。
『それより、はやくいったほうがいいのでワン？　においはどんどんうすくなるワン』
『そ、そうだね！』
疑問は残るが、今は老婆のことが優先だ。
『ほんとうにありがとう、ペロちゃん！』
最後にそう書くとペロが大きく頷き、それを確認してから文乃はまた駆け出した。
（わたしに、ペロちゃんにとって懐かしい匂いが付いてる……って、ことなのかな？）
それから、ふと自身を嗅いでみる。今日、ここまでに触れられた人たちの匂いがした。
中でも特に強く残っているのは、先程抱きかかえられた桐須教諭のものだ。
（昔、先生のおウチで飼ってたワンちゃん……とか？）

その考えが真実を言い当てていたことを、文乃は知る由《よし》もない。

・・○△×・・・

それから、数時間。文乃は、老婆の匂いを追って街を走り回った。

が、しかし。

【はぁ……全然追いつけないよぅ……】

日が傾き始めた頃には、頭と尻尾を垂らしてトボトボと歩いていた。

老婆の匂いは、確かに残っているのだ。時には、その姿が垣間見えることもあった。しかし、追いかけているうちにいつの間にか姿を消してしまう。そんなことが何度も繰り返されていた。まるで、神出鬼没の妖怪でも相手にしているかのようだった。

【わたし……もう、ずっと犬のままなのかなぁ……】

疲労もあって、思考がネガティブな方向に引っ張られつつある。

そんな時であった。

「あれ……？　お前、今朝の……？」

頭上から聞き覚えのある声が降ってきて、文乃は顔を上げた。

【成幸くん……】

キュゥン……と出てきた声は、自分で思っていたよりも随分《ずいぶん》弱々しい。

「なんか元気なくなってるけど……大丈夫か？」

心配そうな表情で、成幸は文乃の前にしゃがんだ。

「お腹でもすいてるのか？」

【なんでみんな、わたしを見るとお腹がすいてるって思うの!?】

遺憾の意を示すため、キャンキャンと吠える。

「ん、違ったか？　……って、何を犬と会話してるんだ俺は」

首を捻った後、苦笑する成幸。

「でもお前には、本当に言葉が通じてるみたいな気がするんだよな」

それから、それを微笑みに変えた。

「撫でてもいいかな？」

尋ねてくる成幸に、コクンと頷く。

「よしよし……」

優しい手つきで、文乃の頭が撫でられた。

（なんだかこれ、安心するなぁ……）

それだけで、先程までの暗い気分が霧散していくようだ。

「なんかお前、俺の知り合いに似てるような気がしてさ。放っとけない感じがするよ」

まさか文乃の正体に気付いたわけでもないだろうが、その発言に少しドキリとする。

「たぶん、お前の毛並みから連想するんだろうな。そいつも、綺麗な黒髪なんだ。俺の『生徒』……なんていうと、おこがましいか」

少なくとも、成幸が連想しているのが文乃であることは間違いなさそうだ。

「すげぇ頑張ってる奴なんだよ。やりたいことのために、あえて苦手なものに向かっていってさ。それで、少しずつでもちゃんと進んでいくんだ。格好いいだろ？」

（成幸くん……）

思わぬところで自分の評価を聞かされ、嬉しいような恥ずかしいような気分になる。

「そんな風に『本気』なあいつらがいるから、俺も踏み出す勇気をもらえた。背中を押してもらえたんだ。だから、心から感謝してるんだよ」

なんて、成幸は目を細めるけれど。

（わたしの方こそ、成幸くんがいたからちゃんと目標に向かって歩いていけてるんだよ）

心からの感謝を抱いているのは、文乃も同様であった。

この人に出会わなければ。『教育係』を務めてくれていなければ。あのままずっと成績が上がらなくて、どうすればいいのかさえわからなくて、それでも自身の志望を変えずに貫《つらぬ》き通せただろうか。文乃には、自信を持って頷くことは出来なかった。

「あと、そいつは俺にとって『師匠』でもあってさ。色々と教えてくれるんだけど、未だに全然わかんないよ……女心、ってやつは」

（うん、それは確かに全然わかってないね）

今度は、自信を持って頷くことが出来た。

「例えば、そいつの頭をこんな風に撫でたりしたら怒られるんだろうなぁ」

（ほら、また不正解）

内心で、唇を尖《とが》らせる。

【別に、人の姿の時にだって撫でてくれていいんだよ？】

通じないのを幸いに、少し大胆《だいたん》なことを口にしてみた。

「ん？　なんだ、励ましてくれてるのか？」

口から出てきたのはキャンという鳴き声で、もちろん成幸に真意は伝わっていない。

少しだけ、それを残念に感じた。甘えるように、彼の手に鼻を擦《こす》りつけてみる。

（成幸くんの、匂い……）

いつもよりずっと鋭敏になった嗅覚《きゅうかく》が、それを余すことなく感じ取る。嗅いでいるとドキドキしてきて、なのに落ち着く。不思議な感覚だった。

（いつまでも、嗅いでいたいかも……）

なんて、考えて。

（……って、いけない!?　これじゃうるかちゃんと同類だよ!?　いや、別に、その、うるかちゃんと同じ想いを抱いてるってわけじゃないけどね！）

ハッとして、慌ててブンブンと首を振った。

「ははっ、ちょっとは俺にも気を許してくれたのか?」

それをじゃれついていると取ったのか、成幸が嬉しそうに笑う。

「……なぁお前、ウチに来るか?」

【……えっ!?】

思ってもいなかった言葉に、キャウン!?　と声が出る。

（成幸くんちに行くって、それって……飼われる、ってことだよね……!?）

成幸のペットになる。なぜかちょっと倒錯的な響きを帯びているような気がするその一文に、文乃の胸が変な風に脈打ち始めてきた。

（そ、そそそ、そんな駄目だよ成幸くん！　だってわたし、ホントは人間なのに……！　で、でも、アレだよね。ここで抱き上げられちゃったら、わたしは逃げられないよね……！　そ、それで、無理矢理に、お風呂に入れられちゃったりして……！　前はお互い水着だったけど、今度は裸で……ひゃぁぁぁぁぁぁぁぁぁ!?）

色々と想像が広がって、文乃はプルプルと小さな身体を震わせる。

「なんて、言えたらいいんだけど」

しかし、続いた成幸の言葉に「へ？」と呆《ほう》けた表情となった。今の姿では、ワウ？　と成幸を見上げる形にしかならなかったが。

「悪いけど、ウチはそんなに余裕がなくてさ……ごめんな」

成幸視点で見れば相手はただの犬だろうに、彼は申し訳なさそうな表情で頭を下げる。

「あっ、でも、晩飯くらいなら出せるぞ？　さっきはお腹なんてすいてないって感じで吠えてたけど、なんだかんだで何か食べたら元気になるもんだ。どうだ？」

次いで、やはり人間を相手にしているかのように提案してきた。

わふ、と笑って文乃は首を横に振る。

【大丈夫！　おかげさまで、なんだか元気が出てきたから！】

それから、キャン！　と元気に鳴いてみせた。実際、もう文乃の中にネガティブな感情は残っていない。確かに、今日は元に戻る手掛かりが摑《つか》めなかった。けれど、ならば明日また頑張ればいい。いつの間にか、そんな前向きな気分になれていた。

「そっか、なんかよくわからないけど元気になったみたいだな」

果たして、成幸にもちゃんとそれは伝わったらしい。

「縁があれば、また会おうな」

最後にもうひと撫でして、成幸はゆっくりと文乃の頭から手を離した。

【ありがとうね、成幸くん！】

ワウ！　と鳴いて……離れる直前、文乃はその指をペロリと舐《な》める。今の文乃に出来る、精一杯の感謝をこめた行動であった。それから踵を返して、自宅に向けて歩き出す。

背中に感じる視線から、成幸がずっと見送ってくれていることがわかった。

そうして、自宅に戻ってきて。

【……忘れてた】

固く閉ざされた玄関の扉を見上げ、文乃はキュン……と鳴いた。

【どうしよう……って、お父さんが帰ってくるまで待つしかないよねぇ……今日は何時くらいに帰ってくるんだろう……ていうか、よく考えたら帰ってきたところで入れてくれるのかな……？　今朝は、出ていくパターンだったからよかったけど……】

文乃の胸に、先程とはまた別の不安が去来する。

【お父さん、犬は好きなのかな……嫌いだったらどうしよう……】

考えてみれば、文乃はそんなことさえ知らない。少し寂しい気持ちになったところで、ピクリと無意識に耳が動いた。近づいてくる足音が聞こえたためだ。

「また君か……」

足音の主は、待ち人である古橋《ふるはし》零侍であった。

【お父さん、今日は早いんだね……？】

いつも帰りの遅い父に、ヒャン？　と疑問の声を送る。

「やはり、文乃が拾ってきたんだな」

しかしもちろん零侍に通じるわけもなく、彼は一人納得の表情を浮かべていた。

「文乃はまだ帰っていないのか？」

玄関のドアに鍵を差しこみながら、そんなことを呟いている。

「今日は徹夜仕事になるから、伝えるために一旦帰ってきたんだが……仕方ない、書き置きを残しておくか……というか、今朝もいつの間に出ていったんだ……？」

かと思えば、ふとまた文乃の方に目を向けて。

「君、とりあえず文乃の部屋まで送ろう」

【わわっ!?】

ひょいと持ち上げられ、わふっ!?　と文乃は驚きの声を上げる。

「その身体では、階段を昇るのも大変だろう」

なんて言いながら、零侍は文乃を優しく搔《か》き抱いた。

（あっ、この感じ……）

文乃の脳裏に、遠い日の思い出が蘇《よみがえ》ってくる。

（懐かしい……）

母が健在で、まだ父との関係も壊れていなかった頃。

こうして、よく抱っこしてくれたことを思い出した。

（そっか……わたしの知ってるお父さんも、ちゃんといるんだもんね……）

なんとなく、安心したような気持ちで微笑んで。

一日走り回った疲労も手伝って、文乃は温かさの中で眠りに落ちた。

・・○△×・・・

「……んっ」

朝日に照らされた眩《まぶ》しさに、文乃は小さく呻《うめ》いた。

「…………ふわぁ」

それからたっぷりと数秒は空けて、あくびと共に伸びをする。

「あぁ、よく寝たぁ……」

なんだか、いつもより安らかな気分で眠れていた気がした。

「いやぁ、でも変な夢見ちゃったなぁ……犬になっちゃうなんて……」

むにゃむにゃと呟いている途中で、ハッと一気に意識が覚醒する。

大きく目を開けた文乃は、慌てて自分の手に視線を落とした。

「ちゃんと、人間の手……だよね……？」

まじまじと見つめてから、ようやく安堵の息を吐く。

「なぁんだ、やっぱり夢だったんだ」

それから、苦笑を浮かべた。

「そりゃそうだよ、犬になっちゃうなんてそんなファンタジーありえないよね。昨日買ったヘアバンドだって、こうして……」

と、頭に手をやるが。自分の髪に触れるだけで、ヘアバンドの感触は返ってこない。

「あれ……？」

ベッドから降りて、姿見に目をやる。そこに映るのは見慣れた自分の姿で、しかしその頭には何も装着されていなかった。次いで鞄の中を確認するも、『動物の気持ちがわかるバンド』なんて書かれたヘアバンドはどこにも見当たらない。

「あれを買ったとこから夢だった、ってこと……？」

首を傾げながらも、そう結論づけるしかなかった。

「それにしては、やけにリアルに覚えてるけど……まぁでも、それをいうと犬だった時の記憶もかなり鮮明に残ってるし、そんなものなのかな……？」

釈然とはしないが、夢であったことを証明する手立てなどない。

胸に若干のモヤモヤを残しながら、文乃は部屋を出てリビングに向かった。

「あぁ……文乃、おはよう」

「あっ、おはようお父さん」

リビングには既に零侍が座っており、お互いに挨拶《あいさつ》を交わす。

（あれ、徹夜明け……？　昨日の夜は普通に家にいたはずじゃなかったっけ……？）

薄く隈《くま》が出来ている零侍の目元を見て、文乃は疑問を覚えた。

い、
徹夜仕事だと言っていたのは、夢の中のことだったはずだ。

「昨日は、遅かったのか？」

「え……？　いや、いつもくらいの時間に帰ったはず……だけど」

「む？　なら、入れ違いになっていたのか……？」

零侍との会話も、どこかすれ違っているように感じられた。

「……ところで、文乃」

どこかソワソワした調子で、零侍が話題を変える。

「あ、あ、あの子は、どうした？」

「うん……？」

唐突な話題に、文乃は頭の上に疑問符を浮かべた。

「えっと、りっちゃんのこと……？　それとも、成幸くん？」

とりあえず父の知る友人の名前を並べてみる。

「そうではなく……もしかして、隠しているのか？　別段、怒るつもりなどないが」

「何のこと……？」

心当たりがなくて、文乃は首を捻った……が、しかし。

「その……お前が拾ってきた、犬のことだ」

「……へ？」

続いた零侍の言葉に、ポカンと口を開けることとなった。

「えっ、ちょ、ちょっと待って……？」

急激に混乱してきた頭に手を当てる。

「それって、もしかして黒い毛並みの子犬……？」

「他にもいるのか？」

「そ、そういうわけじゃなくて」

返す文乃の声は、若干震えていた。

「その、確認なんだけど……昨日お父さんが出ていく時にその子犬が隙間《すきま》から出ていって、帰ってきた時に抱き上げて部屋まで連れて行ってくれた……？」

「なんだ、見ていたのか？」

その問答によって、ようやく確信に至る。

（えぇぇぇぇぇぇぇぇぇぇぇぇぇ!?　あれ、現実だったの!?）

そう考えなければ、辻褄《つじつま》が合わなかった。

「それで、あの子はどうしたんだ？　まだ寝ているのか？　寝床はちゃんと用意したか？　名前はもう決まっているのか？　散歩用のリードは買ったか？」

未だ混乱の最中にある文乃へと、零侍が矢継ぎ早に質問を投げてくる。

「あっ、えっと、その……そう！　じ、実はあの子、迷い犬だったみたいで！　昨日の夜に飼い主さんが見つかったから、返してきたのっ！」

咄嗟《とっさ》に考えたにしては、なかなか筋の通った言い訳であったと言えよう。

「えっ……」

それに対して、零侍がちょっとショックを受けたような表情を浮かべた。

「なんだ、そうだったのか……」

それからどこか落ちこんだ調子で、傍《かたわ》らの買い物袋に目を向ける。その口からは、ドッグフードや犬用のオモチャ、ブラシなどが少しずつはみ出していた。

「……お父さんって、もしかして」

それを見れば、嫌でも察せようというものである。

「犬、好きだった？」

「む……まぁ、嫌いではないな……」

そうは言うが、この入れこみっぷりは『嫌いではない』程度のものではあるまい。

（そういえば、フミが来た時も沢山《たくさん》グッズ買ってきたよね……）

猫アレルギーを頑《かたく》なに否定して、預かった猫に構おうとしていたのを思い出し。

「ね、お父さん」

文乃は、クスリと笑う。

「わたしの友達がブリーダーさんを知ってるらしいから、今度行ってみようか？」

「……そうだな、それもいいかもしれないな」

自分は、父のことさえよく知らないのかもしれない。

けれど、確かに知っていることもあって。

知らない部分は、これから知っていけばいい。

そんな風に、思った。


…○△×…


さて、その後は支度して普通に学校に向かった文乃であったが。

「古橋、おはよう」

「ひゃい!?　あ、な、成幸くん、お、おはよう……」

「……？　ごめん、なんか驚かせちゃったか？」

「いや、その、昨日のことを思い出して……！」

「昨日……？　俺たち、会わなかったよな……？」

「そ、そうだったね！　あはは、ちょっと寝ぼけちゃって！」

登校途中で成幸から挨拶され、挙動不審となった。

（あわわ……犬の姿だったとはいえ……）

成幸に撫でられ、あまつさえ指まで舐めてしまったという事実に今更恥ずかしさを覚える。今、文乃の脳内ではそれが人間の姿でやったことのように再生されていた。

夢ならよかったのに、と思う。

けれど。

夢でなくてよかった、と思う自分がいるのも確かだった。

「やっほー！　おはよう！　文乃っち、成幸！」

「おはようございます」

そこにうるかと理珠が合流して、ホッとした気持ちとなる。

しかし続くうるかの言葉に、文乃はビクッと震えた。昨日唐突に抱き上げられた恐怖感が蘇ってきて、身体が硬くなる。しかし、うるかの視線の先はもちろん文乃ではなく。ど
「あっ！　子犬だ！」

うやら散歩に連れられている子犬を見つけたらしく、ピュンとそちらに駆けていった。

「あの、この子抱っこしてみてもいいですか!?」

うるかが尋ねると、飼い主の女性が微笑んで頷く。

「わーい！」

喜色満面で子犬を抱き上げようとする、うるか。

「ちょ、ちょっと待って！　うるかちゃん！」

それを、文乃は慌てて止めに入った。

「うん？　どうかした？」

「あのね、うるかちゃん」

指を立て、うるかへと説明する。

「子犬から見ると、人間ってとっても大きな相手なの。それが迫ってきて、急に高く持ち上げられたら怖いと思わない？　ちゃんと、子犬の気持ちも考えてあげないと」

「な、なるほど～」

文乃の言葉に、うるかは感じ入った様子で頷いた。

「流石は師匠、犬の心の機微にまで詳しいんだな」

「ま、まぁね……」

尊敬の眼差《まなざ》しを向けてくる成幸に言葉を返す際には、微妙に頬が引き攣《つ》る。

（動物の気持ちがわかる……か）

思い出すのは、例のヘアバンドに書かれていた文言であった。

（実際にちょっとわかるようになっちゃった以上、あながち全部が全部嘘《うそ》だったってわけでもない……の、かな？）

などと、苦笑を浮かべる文乃。

その視界の端で、例の老婆がニヤリと微笑んだ……ような、気がした。

ぼくたちは勉強ができない
未体験の時間割

忙殺されし[x]にて天才どもの手腕は本領を発揮する

「合宿しようよ、合宿！」

全ては、うるかのそんな発言から始まった。

彼女が発案したのは、いわゆる『勉強合宿』。

なんでも、商店街の福引きで旅館の宿泊券を五人分も当てたのだとか。

「いつもと気分を変えるっていうのも、大事っしょ！」

なんて、うるかはノリノリで。

「なるほど、一理あるかもしれませんね」

キリッとした表情ながらもどこかワクワクとした調子を滲《にじ》ませ、理珠《りず》が同意し。

「お前ら、あんま浮わついてんじゃねぇぞ？　まぁ、合宿自体はいいと思うけどな」

注意を挟みつつも、あすみも参加することに。

成幸《なりゆき》と文乃《ふみの》も、特に異存もなく参加を表明した。

ここまでならば、何も問題はなかったのである。

勉強合宿、大いに結構。それこそ一ノ瀬《いちのせ》学園の公式行事にも『学習強化合宿』なるものは存在するのだし、いつもとは違う環境で集中して勉強するのは効果的だろう。

ただし、一部のメンバー……具体的には成幸と文乃の二人にとって、非常に大きな問題が存在することが現地にて初めて明らかになった。

というのも。

「到ちゃ～く！」

「ほぅ、ここが宿泊場所ですか」

「なかなか良さそうなんじゃないか？　えーと、名前は……」

現在、一同の前に聳《そび》え立つのが。

「「旅館あすま」」

かつて成幸と文乃が『姉弟《きょうだい》』として宿泊した旅館だったためである。

「ど、どどどど、どうしよう成幸くん……！」

「ど、どうしようって言われてもな……」

事前に宿泊場所を聞いていなかった二人は、ヒソヒソと小声で話し合っていた。

「流石《さすが》に、今から参加辞退っていうのは不自然すぎるよね……？」

「だな……」

両者の頰《ほお》は引き攣《つ》り気味で、お互いの心音の高さが伝わってくるようだ。

「ま、まぁあれだ。旅館の人が俺たちのこと覚えてるとも限らないわけだしな？」

「そ、そうだよね！　毎日沢山《たくさん》のお客さんの相手してるんだし、きっとわたしたちみたいな平凡なお客さんのことなんて覚えてないよね！」

楽観的に考えるも、なんとなくむしろフラグが立ったような気がする成幸であった。

「二人とも、どったの？」

「何か問題でもありましたか？」

と、少し先を行っていたうるかと理珠が振り返って尋《たず》ねてくる。

「「いや、なんでも！」」

成幸と文乃は、揃《そろ》って首を横に振った。

「ほれ、チャキチャキ行くぞ。時間は有限なんだからな」

あすみがパンと手を叩いて誘導するのに従い、一同旅館の暖簾《のれん》をくぐる。

『いらっしゃいませー！』

すると、笑顔の仲居さんたちが一斉に頭を下げて迎えてくれた。その中に以前に対応してくれた人の姿が見当たらず、差し当たり成幸はホッと安堵《あんど》の息を吐いた。

「どもー、五人で予約してる唯我《ゆいが》です！」

一同を代表して、うるかが前に出る。

「はい、唯我様。お待ちしておりました。こちらに記帳をお願い致します」

仲居さんも、特に問題なく受け付けてくれたようだが。

「……なんで、予約の名前が『唯我』なんだ？」

成幸が今のやり取りに疑問を呈《てい》すると、うるかはギクリと顔を強張《こわば》らせた。

「いや、ほら、予行練習っていうか……じゃ、なくて！　気分だよ気分！　これも気分転換っていうか!?　そういうの、あるっしょ!?」

「そ、そうか……まぁ、そういうこともある……かな……？」

成幸にはよくわからなかったが、真っ赤になったうるかの勢いに押されて曖昧《あいまい》に頷《うなず》く。

「うるかちゃん、乙女だねぇ……」

傍《かたわ》らで、文乃が苦笑気味にポツリと呟《つぶや》いた。

「……？　古橋《ふるはし》、今なんて……」

そう、成幸が尋ねようとしたところで。

「おや……？」

横合いから、そんないぶかる声が聞こえてきた。

「お客さん、ご姉弟で泊まっていただいた……確か、唯我さん」

顔をそちらに向けると、そこには以前に対応してもらった仲居さんの姿があり。

「今、お姉さんのことを別の苗字《みようじ》らしきもので呼んでらしたような……？」

なんて、首を捻《ひね》っていた。

「い、いや、その、今回も泊まるの楽しみだなぁ文乃姉ちゃん！」

「そ、そうだね成幸くん！」

慌《あわ》てて言い直す成幸に、文乃も早口気味に答えながら頷く。

「あら、気のせいだったみたいね」

仲居さんの言葉に、二人はホッと息を吐いた……が、安堵したのも束の間。

「文乃……」

「姉ちゃん……？」

うるかと理珠が、目をパチクリと瞬《また》かせてこちらを見ていることに気付く。

「あ、や、その、これは……！」

「違うの、うるかちゃん、りっちゃん……！」

二人してあたふたと手を動かす中、うるかと理珠がバッと身を乗り出してきた。

「さては文乃っち、今のが前に言ってた『姉弟ごっこ』ってやつだね！」

「今度こそは私も混ぜてください！」

と、二人して目をキラキラとさせている。

「これ、今の流れに不自然さを感じたアタシの方がおかしいのか……？」

一人、あすみだけが怪訝《けげん》そうな表情を浮かべていた。

「ほらほら成幸！『うるか姉ちゃん』、って言ってみ？　言ってみ？」

うるかがグイグイ来るので、ここは受け入れるが吉だと判断した成幸。

「う、うるか、姉ちゃん……」

こみ上げてくる恥ずかしさをこらえて、言われた通りに呼んでみる。

「はぐっ……！」

すると、うるかは胸を押さえて俯《うつむ》いた。

「はぁ、はぁ……思ったよりよかった……！　お姉ちゃんと弟の禁断のカンケーってやつ……？　なんか、鼻血出ちゃいそう……！」

などと、ブツブツ呟いている。

「お、おい、うるか、大丈夫か……？」

「うるかじゃなくてうるか姉ちゃん、でしょ！」

「あ、はい……うるか姉ちゃん……」

心配して声をかけたところズビッと指差され、成幸は半笑いで頷いた。

「成幸さん！　私も……いえ、私は『理珠お姉ちゃん』でお願いします！」

次いで、鼻息も荒く注文してくる理珠。

「理珠……お姉ちゃん」

今度は先程よりは幾分《いくぶん》抵抗感も少なく、言われた通りに呼ぶ。

「おぉ……！　これは良いものですね……！」

すると理珠は、ムフンと満足げな表情を浮かべた。

「そんじゃ、アタシは『あすみ姉』とでも呼んでもらうかな？」

流れに乗るように、あすみがニヤニヤと笑いながら言ってくる。

「はいはいわかりましたよ、あすみ姉」

ここまで来るともうどうにでもなれという気持ちで、成幸は投げやり気味に呼んだ。

「ひひっ、確かに悪くねぇな」

あすみもご満悦な様子だが、彼女に関しては呼び方云々《うんぬん》というよりも成幸をからかえたことに対する満足感なのではなかろうかと思う。

「あらあら、お姉さんが多いのねー」

「は、ははっ、そうなんスよ……」

件《くだん》の仲居さんが微笑《ほほえ》ましげに言ってくるのに対して、硬い笑みを返す成幸であった。

・・○△×・・

と、チェックインの時点でドタバタして成幸としては無駄に疲労したものの。

「よし、今日はここまでにしとくか」

「思ったより捗《はかど》ったねー」

「やっぱ環境って大事だね！　ナイスあたし！」

「実際、うるかさんには感謝しないといけませんね」

「だな。さんきゅ、武元《たけもと》」

旅館の部屋での勉強は成果上々で、夕刻を迎えた一同の表情は明るいものであった。

「いやそんな、たまたま宿泊券が当たっただけなんで……」

理珠とあすみに礼を言われ、うるかは面映《おもは》ゆげに頬を掻《か》いている。

「それより、お風呂行こうよお風呂！　ここ、温泉が湧いてるんだってさ！」

照れ隠しなのか、うるかは大きく手を上げてそんな提案を口にした。

「そうだな…………ん？」

同意したところで、成幸はふと部屋の外の様子に気付く。

「ご予約の団体様いらっしゃいましたぁ！」

「すぐにお食事だと承《うけたまわ》ってるけど、間に合う!?」

「無理です、厨房《ちゆうぼう》回ってませぇん！」

「ていうか、お部屋の準備もまだですぅ！」

何やら、ドタバタと慌ただしい足音と共にやけに焦った声が聞こえてくるのだ。

「あの……どうかしたんですか？」

部屋の障子《しようじ》を開けて、ちょうど通りかかった仲居さん――前回文乃と来た時に対応してくれた人だった――に尋ねてみる。

「あらすみませんね、うるさくしちゃって……実は今日は団体様の予約が多いのですけれど、こんな時に限って従業員が風邪で何人も倒れちゃってて……」

と、溜め息混じりに語る仲居さん。

「どこかにいないかしらねぇ、若くて体力がありそうな人たち……」

チラチラと室内を窺《うかが》う視線に、どことなく『圧』を感じる……ような気がした。

「厨房や接客で活躍すれば、女子力アピールになると思うんだけどねぇ……」

ピクリ。その言葉に反応したのは、うるかと文乃である。

「な、成幸への女子力アピール……!?」

「接客ならわたしでも……い、いや、誰にアピールしたいってことでもないけど……！」

何やら、彼女たちの目に炎が宿ったように見えた。

「もし飲食店で働いている方なんかがいれば、そのお店の宣伝にもなるだろうに……」

ピクピクッ。次に反応したのは、理珠とあすみ。

「緒方《おがた》うどん、旅館デビューの時ですか……！」

「ここで店のアピールが出来りゃ、時給アップ交渉もワンチャンか……？」

片や表情の変化は少なく、片やニンマリ笑って、けれど共通してやる気は見えた。

（こ、この人、こっちの性格や背景を見抜いてんのか……!?）

これがホスピタリティかと、恐れ戦《おのの》く成幸であったが。

「手伝っていただければ、全員に無料宿泊券も差し上げるんですが……」

次いで反応したのは、他ならぬ自身であった。

（それがあれば、今度は母さんたちを連れてこれる……！）

成幸は、部屋の中を振り返って一同の顔を見る。

言いたいことは余すことなく伝わったらしく、彼女たちは力強く頷いてくれた。

「って、ごめんなさいね。お客さんに、愚痴《ぐち》みたいなことを言っちゃって……」

口元に手を当て「ほほほ」と笑ってから、「それじゃ」と踵《きびす》を返す仲居さん。

「「「「お待ちを！」」」」

それを呼び止めると、仲居さんは再び振り返って……けれどその直前、口元に悪そうな笑みが見えたような見えなかったような。


…○△×…

それから少し時間は経過し……旅館あすま、その厨房にて。

「天ぷら揚がりましたぁ！　野菜の盛り付けも終わってます！」

「おう嬢ちゃん、承知だ！」

「助かるぜ！」

元気よく声を出しながら、調理白衣姿のうるかが板前さんたちの補助を行っていた。

「嬢ちゃん、これ切っといてもらえるか!?」

「はい！」

「嬢ちゃん、唐揚げは作れるかい!?」

「大丈夫です！」

「嬢ちゃん、飾り切りは!?」

「いけます！」

当初は本当にお手伝い程度だったはずが、うるかの調理スキルが予想以上に高かったらしく、今となっては主力級の一人として活躍していた。

一方、その傍らでは。

「天ぷらうどん十、わかめうどん十二、きつねうどん八、上がりました」

「すげぇ、なんて手際だ……」

「まるで機械が作業してるみたいな正確さだな……」

「それにこの麺《めん》のコシ、風味、ダシの効き具合……完璧だぜ……」

周囲から感嘆の目を向けられながら、同じく調理白衣姿の理珠が猛烈な速度でうどんを作っていた。それも麺打ちからダシ取り、茹《ゆ》で上げまで一手に担《にな》っている。うどんにかけては板前さんたちよりも理珠の方に軍配が上がると判断され、一任された結果であった。

「右から、ネギ抜き、天かす多め、茹で時間少なめです。それから、これはグルテンフリーの米粉うどん。確か、小麦粉アレルギーのお子さんがいるとのことでしたよね？」

細かい客の要望にも万全に対応し、にも拘《かか》わらずその手は一切滞《とどこお》っていない。

（二人とも、流石だな……！）

そんな光景を、成幸は頼もしい気持ちで見つめていた。

「成幸、鳳凰《ほうおう》の間の分上がったよ！」

「成幸さん、こちらもです！　緒方うどんのアピールもよろしくです！」

と、うるかと理珠が成幸に声をかける。

「わかった、運んでくる！」

厨房において、成幸の出番はないようだ。なので、現在成幸は厨房と宴会場を繋《つな》ぐ役割を負っている。

（ここは二人がいれば大丈夫だな……！）

うるかと理珠がテキパキと働く姿を横目に見ながら、成幸はお膳《ぜん》を持って厨房を出た。

そして、向かった先の宴会場では。

「ビールを二本追加ですね。オレンジジュースも三本。はい？　一本キャンセルでコーラですね？　承知致しました。そちらは、春菊抜きですね？　はい、厨房にお伝えしておきます。あ、ちなみにこちら緒方うどんさんからの特別提供のうどんでございます」

あちらこちらの客から上がる注文や要望を、着物姿の文乃が手際よく捌《さば》いていた。メモを取っている様子もないが、恐らく彼女の記憶力であれば問題ないのだろう。

「ふぇぇぇぇぇぇん！　こんなとこ、つまんないよぉぉぉぉぉぉぅ！」

「あらら。それじゃ、お姉ちゃんがちょっとお話ししてあげようか？」

時には、泣いている子供をあやす場面も。

「むかーしむかし、あるところにお爺《じい》さんとお婆《ばあ》さんが住んでいました。ある日、お爺さんは海へサメ狩りに、お婆さんは山を荒らすモノたちを『掃除』しに……」

最初はグズっていた子供も、文乃が話し始めると興味を示してすぐに泣き止んだ。この辺りも、遺憾《いかん》なく才能を発揮している形と言えよう。

また、宴会場の別の場所では。

「はいは～い、次の料理が到着でしゅみ～！」

あすみが、手際よく配膳を行っていた。身に纏《まと》うのはいつものメイド服ではなく着物ながら、あしゅみーモードは健在だ。その愛らしい姿も相まって、男性はもちろん女性の客からも好意的な目を向けられている。

「おぅ姉ちゃん、こっちでお酌《しゃく》してくれや！」

とはいえ、中にはそんなタチの悪い酔っぱらいの姿なども見られたが。

「ふふっ、残念！　妖精は捕まえちゃうと消えてしまうので～す！」

「ははっ、そうなのか。じゃあしゃーないな」

「だけどメイド喫茶『ハイステージ』に来てくれれば、いつでもあしゅみーには会えちゃいます！　ご来店をお待ちしてましゅみ～！」

「おぅ、今度行ってみるよ！」

あすみがパチンとウインクを送ると、むしろ上機嫌になって笑うのだった。

厄介《やっかい》な客のあしらい方はお手の物、というわけなのだろう。

（こっちも大丈夫そうだな……じゃあ今手薄になってるのは、接客とか荷物運びか……）

厨房と同じくここにも頼もしい二人がいることに成幸は大きく頷き、自分なりに出来ることで貢献するために他の場所へとヘルプに向かうのであった。

○△×

「松の間のお客さんの荷物、運び終わりましたぁ！」

今度は主に荷物の運搬《うんぱん》など、男手の必要な部分を手伝うことにした成幸。

「それじゃ、次行き……」

一つの対応が完了し、次の客を迎えようと玄関先に向かった時のことであった。

「ますおぁ!?」

途中で掛け声を奇声に変えて、成幸は咄嗟《とっさ》に物陰《ものかげ》へと姿を隠す。

「愉快適悦《ゆかいてきえつ》！　二人で旅館にお泊まりなんて初めてですね、姉さま！」

「そうね……幸運。まさか福引きで宿泊券を引き当てられるとは思わなかったわ」

そこにいたのが、顔見知り……桐須《きりす》姉妹だったためである。

（と、とにかく接客はしないと！）

他の従業員は近くにおらず、ここでモタモタしていては迷惑をかけてしまう。

（何か顔を隠せるものとか……よし、これだ！）

素早く周囲に視線を走らせた成幸は、目に付いたものを手にとって自身の顔に被せた。

「い、いらっしゃいませ！　旅館あすまへようこそ！」

そして、二人の前に出て腰を折る。

「ひっ!?　奇々怪々!?」

「……珍妙」

美春《みはる》が悲鳴と共に半歩後ずさり、真冬《まふゆ》が頬をヒクつかせた。

その理由は、恐らく。

（や、やっぱり天狗《てんぐ》のお面はマズかったか……!?）

成幸が顔に装着した被り物のせいであろう。

（……というか、よく考えたら別に隠れる必要もなかったんじゃ？　メイド喫茶に出入りしてた件だって最終的にはわかってもらえたわけだし、ちゃんと事情を説明すれば……）

今更ながらに思うが、時既《すで》に遅し。

「なかなか愉快な趣向の旅館のようね」

「な、なるほど！　そういうコンセプトだったのですね！」

どうやら二人は成幸の格好が旅館の趣向であると納得してしまったらしく、お面を外すタイミングを逸してしまった。

「流石姉さま！　動じることなく即座に真意を見抜くその慧眼《けいがん》！　感服致しました！」

「そ、それほどのことでもないわ……」

美春に尊敬の眼差《まなざ》しを向けられ、微妙な表情で返す真冬。成幸は知っている。彼女の足が、先程の驚きのせいで未だにちょっとプルプルと震えていることを。

「お荷物、お持ち致しますね」

そこからそっと目を逸《そ》らし、成幸は二人に向けて手を伸ばした。

「はい、お願いします」

靴を脱いだ美春が、成幸に旅行鞄《かばん》を手渡しながら玄関に上がる。

「……疑問」

一方、真冬は成幸を見つめて眉根を寄せていた。

「もしかして、どこかで会ったことがありますか？　どうにも、声や雰囲気に覚えがあるような気がするのだけれど……」

真冬の発言に、成幸はお面の下でギクリと顔を強張らせる。

「イ、イヤ、キノセイ、ジャ、ナイデスカネー」

なんとなく今更名乗り出るのも憚《はばか》られて、無駄に裏声で誤魔化してみた。

「……そう」

納得しているかは微妙な表情だが、真冬からそれ以上の言及はなく。

「失礼。それじゃ、これもよろしくお願いします」

持っていた旅行鞄を、成幸に手渡してくれた。

（……やけにパンパンだな）

なんとなく、嫌な予感を覚えた瞬間である。

パンッ！　そんな音と共に、鞄が爆発……否《いな》、ファスナーが弾け飛んだ。どうやら中からの圧力に耐えきれなかったらしく、詰めこまれていた下着やら本やらペットボトルやら何に使うのかよくわからないオブジェ的なものやらが周囲に散乱していく。

（やっぱり旅行鞄も整理されてないんですか!?）

以前真冬の鞄の中を確認した経験から、そんな気がしていた成幸であった。

（って、これを美春さんに見られるのはマズい！）

美春は、真冬のことを完璧人間だと思いこんでいるはずだ。

その幻想を崩さぬために。

「……？　何か今、妙な音が聞こえたような……？」

「あぁっ！　あんなところで、犬のお巡りさんと迷子の子猫ちゃんが銃撃戦を！」

「あのファンタジーな世界観に何が!?」

まずは明後日《あさって》の方向を指して、振り返ろうとしていた美春の注意を逸らす。

（今のうちに！）

そして、その隙《すき》に全力で手を動かして散らばった鞄の中身を回収。スペースを有効利用出来るよう考慮して再び鞄に詰めこむと共に、ファスナーも素早く修復する。結果、全ての荷物を再収納した上で先程までより随分《ずいぶん》とスマートになった旅行鞄が出来上がった。

「どこにも銃撃戦など見当たりませんが……？」

「あ、すみません、見間違いだったようですね」

今度こそ振り返ってきた美春には、そう誤魔化しておく。

「それでは、お部屋までご案内しますね～」

そして、これ以上余計なトラブルが発生しないうちにと二人を先導して歩き出した。

「今の手際……随分と慣れていたような……」

それに続きながらもポツリと漏《も》らされた真冬の呟きに、またギクリ。

「……旅館の従業員さんも大変ね」

が、真冬はどうやらそれで納得してくれたらしい。

（あなたのおかげで磨かれた手際なんですけどねぇ……）

お面の下で、成幸の顔には苦笑が浮かんでいた。

「こちらがお客様のお部屋でございます」

それを悟られないようにしながら、部屋まで案内する。

「感謝。案内ありがとう」

「ありがとうございましたっ！　さぁさぁ、姉さま！　呑花臥酒《どんかがしゅ》、早速浴衣に着替えて温泉に参りましょう！　私、ずっと楽しみにしていたんです！」

クールに決める真冬と、はしゃぐ美春。二人は、連れ立って部屋に入っていった。

「……ふぅ」

無駄な緊張感を伴った接客を終え、成幸は小さく息を吐く。

と、そこで。

「おーい、見つかったかー？」

「いや駄目だ、どこにも無いわ」

「客室に混じっちゃったのかもなー」

どこか困り顔の従業員たちが廊下を歩いてくるのに気付いた。

「あの、どうかしましたか？」

「うおっ、天狗!?　……って、なんだ唯我くんか」

一瞬成幸を見て驚いた後、男性従業員が苦笑を浮かべる。

「それが、従業員用のレクリエーションで使った衣装が見当たらなくってさ。ドタバタしてるんで、お客さんの浴衣と取り違えちゃってるかもしれないんだよ。悪いんだけど、唯我くんも気付いたら浴衣と交換しといてくれる？」

「あ、はい、わかりました」

成幸が頷くと、「よろしく」とそのまま従業員たちは去っていった。

（そんなに浴衣と紛《まぎ》らわしい衣装なのかな……？）

ぼんやりとそんなことを思いながら、自分もその場を去ろうと踵を返す。

「感嘆、まさか浴衣まで変わっているとはね」

「創意工夫が感じられますね！」

しかし、背後から部屋の襖《ふすま》を開ける音と共に桐須姉妹のそんな会話が聞こえてきて。

なんとなく嫌な予感がした成幸は、恐る恐る振り返った。

すると、そこには。

「それにしても、少々旅館の趣《おもむき》とは合わない気がするのだけれど……」

「きっとそのギャップを狙っているのですよ！」
チ、チ、チ、チアガールが二人いて、成幸の脳は一瞬フリーズする。
（…………えっ、もしかして探してた衣装ってあれ!?　あんなもんどうやったら浴衣と取り違えるんですか!?　ていうか、なんであの二人もあっさり着てるの!?　ポンポンまできっちり持ってるし！　今更浴衣と間違えたとかすげぇ言いづらいんだけど！）

次いで、頭の中が疑問とツッコミで埋め尽くされた。

「それに、私たち以外はみんな普通に浴衣を着ているような……」

「つまり、当たりのお部屋に違いありません！　ほらほら姉さま、こういうのは変に恥ずかしがらずにノッてしまうのが吉です！　フレー！　フレー！　ね・え・さ・ま！」

「そ、そうかもしれないわね……フレー……フレー……」

楽しそうな美春と、顔を少し赤くして控えめな真冬。

共にポンポンを振る、姉妹の姿に。

（……きっと、勘違いしたままの方がお互い幸せだよな）

全てを見なかったことにして、成幸はそっとその場を後にした。


とにもかくにも、桐須姉妹への対応を終え。

「ふぅ……これで、ようやくお面が取れる……」

肩の荷が一つ下りた思いで、お面を外そうとする成幸だったが。

「またこの旅館に来てしまったか……一度封じられていた記憶が疼《うず》くぜ……くっ、唯我への羨《うらや》ましさが蘇《よみがえ》ってきて……！　抑えきれない……！」

（げぇっ、大森《おおもり》!?）

両親らしき人たちの傍らで頭を抱えている友人の姿を見つけ、慌ててお面を付け直す。

（そういえば、前にも泊まりに来てたんだったな……もしかして、常連なのか……？）

文乃と一緒に旅館から出てきたところを撮られてインスタにアップされた時のことを思い出し、成幸の方も頭を抱えたくなる。

（今回、あいつらと一緒に泊まってることを知られたらまた面倒になりそうだ……）

そう、判断し。

「イラッシャイマセー」

天狗の面を付けたまま、裏声での接客を開始するのであった。

その後も。

「陽真《はるま》君、ここ温泉が湧いてるんだって～」

「そうなんだ？　楽しみだね、智波《ちなみ》ちゃん」

（小林《こばやし》に海原《うみはら》!?　お前ら、二人きりで旅館に宿泊って……い、いや、考えるな！　接客に集中！　……いや、にしても二人ともちょっとくっつきすぎじゃないですかねぇ!?）

「ここですか～、古橋姫が王子様と泊まった旅館は～」

「良い佇《たたず》まいだね」

「値段がお手頃なのもありがたいところッス」

（古橋のクラスの……!?　な、なんか理由はよくわからんがここで見つかるとマズいような予感をひしひしと感じる……！）


「研修って名目で旅館に泊まらせてくれるなんて、ウチの店も太っ腹だねー」

「あしゅみーの予定が合わなかったのは残念だけど」

「ま、あしゅみーの分もしっかり接客の勉強させてもらいましょ」

（マチコさんにヒムラさんにミクニさん!?　また妙なところで……研修とか言ってるし、邪魔しないよう対応は仲居さんたちに任せとこう……）


「緒方理珠が働いてるって情報があった旅館はここね！　その勇姿、写真に収めるのが親友であるこの私の役割！　もちろん、邪魔にならないよう陰からひっそりとね！」

（早《はえ》ぇよ関城《せきじょう》お前の情報網どうなってんの!?　……まぁ、邪魔するつもりはないみたいだし放っといてもいいか。でも、見つかるとなんか面倒だからお面は付けとこう……）

と、なぜか知り合いが片っ端から訪れてきたために、お面を付けっぱなしで接客することになったのであった。なお、同時に他の客の対応も行っていたわけだが。意外にも、お子様を中心に天狗のお面は割と好評だった。旅館あすまの従業員たちが「今度からお面での接客を本格導入しようか」などと話しているのが聞こえてきた時は、思わずお面の下に半笑いが浮かんだものである。

といった、一幕などもありつつ……慌ただしく数時間が経過し。

『お疲れ様でしたぁ！』

全ての客を捌き終えた後、一同は達成感とともに笑顔を浮かべていた。

「本当に、ありがとうございました。皆様がいなければ、どうなっていたか……」

旅館あすまの女将《おかみ》が、成幸たちに向かって深々と頭を下げる。

「いえそんな、俺たちも良い気分転換になりましたし」

成幸の言葉に、他の面々もそれぞれに頷いていた。

「お礼として、この後は精一杯おもてなしさせていただきますので！」

女将の言葉に、今度は彼女の背後で従業員一同が頷く。

そして。

「うわっ、このお刺身めっちゃ美味《おい》しい！」

「ふむ……このお汁、うどんに応用出来ないものでしょうか……」

少し遅めの、しかし豪華な夕食に舌鼓《したつづみ》を打ち。

「ふぅ、いいお湯……わたし、先輩と一緒に入浴してるとなんだか落ち着きます……」

「古橋、お前……言いたいことはわかるが、本人を目の前に言うなよ……」

温泉で、疲れた身体《からだ》を癒《い》やし。

「うぐぉっ!? こ、このマッサージ……！ やっぱり、俺なんかじゃ至れてない境地がまだ存在するな……！ 参考になる……！」

マッサージによって、凝《こ》った身体を揉《も》みほぐされ。

と、全力で『おもてなし』を受け……それから、一同は再び客室に戻っていた。

「それでは、お布団は敷いておきましたので。ごゆっくりお休みくださいませ」

「はい、何から何までありがとうございます」

「いえ、こちらこそ。今日は、本当にありがとうございました」

成幸のお礼に対して礼を返し、仲居さん——また、前回文乃と訪れた時に対応してくれた人だった——はそっと障子を閉める。

「いやぁ、やっぱプロの人たちは凄《すご》いねぇ……」

布団の上に座ってうつらうつらと船を漕《こ》ぎながら、文乃が感心の声を上げた。

「仲居さんたちも、あたしたち以上に働いてたはずなのにねぇ……」

こちらも眠そうにしながら、うるか。

「私たちは、もうクタクタですからね……」

理珠も、眼鏡を外して寝る準備は万端といった感じだ。

「おもてなしの精神、アタシも存分に学ばせてもらったよ……」

ふわぁと小さくあくびして、あすみが布団に潜りこむ。

「それじゃ皆、おやすみぃ……」

成幸とて眠気が限界だったので、そう言いながら布団へと倒れこんだ。

「おやすみぃ……くぅ……すぴー……」

「おやすみー……」

「おやすみなさい……」

「お疲れー……」

それぞれから就寝の挨拶《あいさつ》が返ってきて、かと思えばすぐに寝息が聞こえ始める。

それから、数秒が経過し。

「……いや、おやすみじゃねぇわ!?」

成幸は、ガバッと勢いよく跳ね起きた。

「なんで俺まで同じ部屋なんだよ!?」

今更ながらに、そこにツッコミを入れる。ここまでその点についてスルーしてしまっていたのは、疲労と眠気で頭がまともに働いていなかった結果であった。

「もう、うるさいよ成幸ぃ……」

「姉弟ってことになってるからじゃないのぉ……? 前もそうだったでしょぉ……?」

「そうです……同じ部屋で寝るのも……初めてではないのですし……今更ですよ……」

「なんか、聞き捨てならない台詞《せりふ》がいくつか聞こえた気がしたが……まぁ、いいや……」

半分以上眠りに落ちているらしき女性陣から、投げやり気味な言葉が返ってくる。

「…………そうだな、まぁいっかぁ」

一方で、驚きによって吹き飛んでいた成幸の眠気もすぐに戻ってきて。

「改めて、おやすみぃ……」

彼もまた、そのまま眠りに落ちていったのであった。


翌朝。

「いや、まぁ、その、昨日のはアレだよな。不慮の事故みたいなもんっていうか……」

「あ、あはは！　合宿だし、雑魚寝《ざこね》とか当たり前だよね！」

「そ、そうだよね！　すぐに寝ちゃって何もなかったわけだしね！」

旅館あすまの玄関前で、成幸・うるか・文乃が気まずげな表情で言い訳を並べていた。

「皆さん、何を気にしているのですか？　単に同じ部屋で寝ただけでしょう？」

他方、理珠は何を問題としているのかわかっていない様子で首を傾《かし》げている。

「ひっひっひ、そうそう。アタシの家にお泊まりしたことだってあるわけだしな?」

そこに、イタズラっぽい笑みを浮かべたあすみが爆弾をぶっこんできた。

「それどころか、一緒の布団の中で……」

「ちょ、先輩! それは……!」

「成幸くん?」

慌ててあすみの口を塞《ふさ》ごうとしたところで、後ろからガッと肩を掴《つか》まれる。

「また知らないところでフラグを立ててやがったのかな?」

振り返ると、そこには威圧感を放つ文乃の姿が。

彼女のもう片方の手は、胃の辺りを押さえていた。

「そういや昨日の夜、緒方と一緒に寝たって話も聞こえてきたよなぁ?」

「それは少々誤解を生む表現ですねぇ先輩!」

「そうですか? 概《おおむ》ね事実と言えるような」

「緒方はちょっと黙っててもらえる!?」

「あの、成幸、それって一体どういう感じのアレなのかな……?」

「って、うるか!? なぜ泣きそうな感じに!?」

「成幸くん……ちょっと話があるんだけど……？」

「は、はい、師匠……！」


なんて、騒がしい五人から少し離れたところでは。

「ぐおぉぉぉぉぉぉぉぉぉぉ……！　なんだ唯我、その状況は……！　ハーレムか!?　ハーレムなのか!?　やっぱりお前は、ラブコメの国に住民票を移しちまっていたっていうのか……！　羨ましい、羨ましいぞぉ……！」

成幸たちの様子を撮影して、インスタに上げる大森の姿があり。

「……はっ!?　オレは、こんなところで何をしていたんだっけ……？」

大森に新たな封印されし記憶が生み出されると同時に、ここで撒《ま》かれた種が後に新たな騒動へと発展していくわけだが……それはまた、別のお話である。

ぼくたちは勉強ができない
未体験の時間割

天才たちの推論は
時に秘めたる〔x〕に翻弄される

一ノ瀬《いちのせ》村。とある山奥に存在する、今時では珍しくもない寒村である。

その、村長宅の応接間にて。

「三人とも、来てくれてありがとう！」

村長の息子である大森奏《おおもりかなで》が、三人の客人に向けて頭を下げていた。

「まさか、かの名探偵たちがこんな村まで来てくれるとは思ってなかったぜ！」

喜色を浮かべ、大森は三人の顔へと順番に目を向けていく。

「機械の如《ごと》く精緻《せいち》にトリックを暴く『小さき断罪装置』、緒方理珠《おがたりず》さん！」

「どこであろうと、依頼があれば行くまでです……が、その二つ名的なものは誰が言っているのですか？　主に『小さき』という部分に物申したいのですが……」

最初に名を呼ばれた理珠が、涼しい顔にピキリと少しだけ血管を浮かせながら返した。

インバネスコートにハンチング帽という姿はステレオタイプな探偵のイメージではあるが、小柄な彼女ではコスプレ感が強い。手にしたパイプにも、もちろん火は入っていない。

「物語を読み解くように犯人の行動を見抜く『心理と真理の語り手』、古橋文乃《ふるはしふみの》さん！」

「今回は、面白そうな依頼でもあったしねぇ……それはそうと、その呼び方は恥ずかしいからやめてほしいかなぁ……」

次いで、文乃がふんわりと笑った後にそれを苦笑に変化させる。こちらは燕尾《えんび》服に蝶《ちょう》ネクタイ、頭にトップハットという出で立ちだ。男装の麗人《れいじん》……というには少々女性らしさが出過ぎており、彼女についても若干《じゃっかん》のコスプレ感があった。

「これといって特徴はないけど地道な調査に定評のある『地味メガネ』、唯我《ゆいが》成幸《なりゆき》！」

「なんか、俺だけ説明が適当じゃないか……？　二つ名っつーかただの見た目だし……」

最後に、成幸が乾いた笑みを浮かべた。なお、彼については平凡なスーツ姿である。

この三人は、高校生探偵としてこれまで様々な事件や依頼に立ち会ってきている。何かと奇縁もあるらしく、今回のように一堂に会することも珍しいことではなかった。

「まぁいいんだけど……それより、今回の依頼内容なんだが。この村に伝わる童唄《わらべうた》に隠された暗号の解読、ってことだったよな？」

「あぁ、なんでもスッゴイお宝の情報が隠されてるって話が伝わっててさ。けどいかんせん、オレじゃ何日睨《にら》めっこしてもさっぱりで」

大森とは今回が初対面だが、同い年だということでお互いに砕けた口調で話す。

「依頼とあらば、俺たちは精一杯やるけどさ」

大森の言葉に対して、成幸は難しい表情を浮かべた。

「一攫千金《いっかくせんきん》を夢見てるなら、あんまり期待はしない方がいいぞ？」

これまでに成幸が受けてきた中にも、似たような依頼がなかったわけではない。しかし実際に金銀財宝が見つかった例など皆無だ。暗号が指し示す先で古びた箱を見つけて喜び勇《いさ》んで開けてみれば、ガラクタが詰まっていた……などというのはまだ良い方で、何も見つからないケースがほとんどである。

「まぁ、そうだよなー」

果たして大森もそこは理解しているのか、苦笑を浮かべていた。

「でも万一埋蔵金とか見つかったら、きっとテレビでも取り上げられたりするじゃん？」

「ん……？　確かに、そういうこともあるだろうけど……？」

思ってもみなかった視点からの発言に、成幸は小さく首を傾《かし》げる。

「したら、この村に注目してくれる人も現れるかもしれないだろ？」

ふと大森は視線を外し、窓の方を見た。つられて、成幸も同じところへと目を向ける。

「大人になったら出てっちゃう人が多いけどさ。オレ、この村のこと結構好きなんだよ」

どこか寂しげな目で彼が見るのは、人の姿が少ない村の景色か。

「だからもし、お宝が見つかったらさ。オレ、それを利用して村おこしをやりたいんだよ。ほら、村長の息子としての仕事みたいなとこもあるし？」

後半の言葉は少し顔を赤くしながら、言い訳のように付け足された。

大森が意外と熱い想いを持っていたことに、成幸は密《ひそ》かに感心する。

「そんで、偉業を成し遂げたオレはモテモテになるって寸法よ！」

その言葉もまた照れ隠しなのか、あるいは本心なのか。

いずれにせよ……と、成幸は理珠と文乃の方へと振り返った。

「暗号は私の得意分野です、任せてください」

「童唄って、基本的に物語だからね。わたしも役に立てると思うよ」

二人も今の話を聞いて感じ入るものがあったのか、やる気に満ちた表情で頷《うなず》く。

「それじゃ大森、早速その童唄っていうのを見せてもらっていいか？」

「おぉ、もちろんだ！」

大森としてもそのつもりだったのか、クリアファイルから一枚の紙を取り出して三人の前に差し出した。成幸たちは、顔を寄せてそこに印刷された文字を目に入れる。

【その先へ】
【鼠《ねずみ》が右目に一つ星　左目映すは黒い水　地にも仄《ほの》かに舞う光】
【兎《うさぎ》は顔出す黄金《こがね》に背を向けて　見つめる先には百目の館　幼子《おさなご》たちを飲みこんだ】
【馬の心臓金烏《きんう》に焼かれ　朱色の門を潜《くぐ》り行く　静謐《せいひつ》の向こうに御座《おわ》すは誰ぞ】
【鶏《にわとり》見上げる燃える空　止り木倒して火に焚《く》べよ　山より高く煙を上げよ】

書いてあったのは、それで全てである。

「うーん……？　これは、何というか……」

まず首を捻《ひね》ったのは、成幸。

「『その先へ』というのが、この童唄のタイトルなのでしょうか？　不気味ではありますが、特に暗号が隠されているようにも見えませんが……？」

成幸も理珠と同意見だった。とはいえ、成幸は暗号のスペシャリストというわけではない。理珠とて、数字を使った暗号には滅法強いが文章系はむしろ苦手分野といえた。

（ていうか、こういうのが得意なのは完全に……）

自然、一同の視線は残り一人の方へと集まっていく。

「むぅ……？　これは、何だろうなぁ……？　何て言えばいいのかなぁ……？」

そんな視線に気付く風もなく、文乃は大きく眉根を寄せてうんうんと唸《うな》っていた。

「古橋、何か気になるところでもあるのか？」

「うーん……気になるところっていうと……全部？」

「ん……？　どういうことだ……？」

「なんかねー、チグハグっていうか……伝わってくる感情と書いてある内容が一致しないっていうか……妙に気持ち悪い感じなんだよねぇ……」

「？？　何を言っているのですか？」

文乃の言葉は、理珠には理解不能だったようである。

もっとも、成幸とて理解出来ていないのは同様だが。

「まーまー、三人とも。いくら名探偵でも、そんなすぐに解けるようなもんでもないだろ？　今日のとこはウチに泊まって、明日ゆっくり考えてくれよ」

「まぁ、確かにな……」

「そうした方が良いでしょうね」

大森の提案に、成幸と理珠が頷く。一ノ瀬村に来るためには山を越えねばならず、交通機関が限られている上に本数も少ない。三人が到着した時点で既《すで》に日は沈み始めており、仮に今すぐ暗号が解けたとしてもそれが指し示す場所に行くのは明日になるだろう。

「うーん、うーん……」

文乃だけは、未だに紙を見ながら唸っていたが。

「よし、じゃあ決まりってことで。おーい、お客さんたちを案内してやってくれ！」

構わず話を進め、大森はそんな声を上げながらパンパンと手を叩く。

「はいはーい、りょーかい！」

すると程なくして応接間の扉が開いて、いかにも活発そうな少女が姿を現した。

「どうも、案内役の武元《たけもと》うるかでっす！」

健康的に日焼けした身体《からだ》をメイド服で包んだ彼女が、そう名乗る。

「……メイドさんがいるんだ」

これには、文乃も唸るのをやめて目をパチクリと瞬《また》かせていた。

代々村長を務めているらしく確かに大森家は大きめの家屋ではあるが、一ノ瀬村の中では、という注釈が付く。メイドがいるのは少々不自然に思えた。

「あははっ、まぁショジジョーによりってことで」

うるかもこちらの言いたいことは察しているのか、苦笑気味である。

「とりあえず、部屋まで案内するからついてきてね～」

メイドというよりは気安い添乗員さんという雰囲気でヒラヒラと手を振る彼女に従って、一同応接間を出て廊下を歩いていく。

「……？」

その際、うるかがチラチラと視線を向けてくることが成幸は少しだけ気になった。

○△×

翌朝。

「きゃぁぁぁぁぁぁぁぁぁぁっ!?」

「!?」

成幸は、そんな女性の叫び声によって目を覚ました。

「何があった……!?」

ベッドから飛び起きてメガネを装着し、慌《あわ》てて声の方へと向かう。

すると、うるかがとある部屋の前で立ち尽くしている姿が目に入ってきた。

「どうしたんだ!?」

「あ、あれ……!」

尋《たず》ねると、うるかは震える手で部屋の中を指す。その先に、成幸も目を向けると。

「大森!?」

そこには血溜まりの中で倒れ伏す大森がいて、成幸も思わず叫んだ。

「大丈夫か!?」

部屋の中へと踏み入って、大森へと駆け寄る。

「脈……呼吸も、ある……! よし、生きてる!」

差し当たり首筋と口元に手を当ててそれだけ確認するが、どうやら後頭部に怪我をしているらしい。症状がどの程度なのかは、素人《しろうと》の成幸では判断出来なかった。

「わわっ、大変! うるかちゃん、この村にお医者さんは!?」

「あっ、えと、小美浪《こみなみ》先輩のとこの診療所が……」

「すぐに来てもらいましょう。うるかさん、電話を」

「わ、わかった！」

そこで文乃と理珠も到着したようで、二人がスマホで電話をかけ終えたうるかに質問と指示を飛ばす。

（……争った形跡は無し、か）

そちらは彼女たちに任せて大丈夫だろうと、成幸は部屋の中へと視線を走らせた。

（顔見知りの犯行……？　あと、こういう時は第一発見者を疑えってのが鉄則だけど……）

次いで目を向けたのは、慌てた様子で駆けていくうるかの背中。

（……まさか、な）

軽く頭を振って、成幸はその考えを頭の中から追い払った。


それから、程なくして。

ブロロロッ！　キキッ！　家の外から、原付のものと思《おぼ》しき排気音とブレーキ音が届いた。次いで乱暴に扉を開け閉めする音と、ドタドタと慌ただしく家の中を駆ける足音。

「怪我人はここかっ!?」

最後はそんな声と共に、救急箱を持った小柄な少女が飛びこんできた。

「……あっ、はい、ここです！」

一瞬彼女の幼さに驚いたものの、その真剣な表情にハッとして成幸は大森を指し示す。

「わかった」

一転落ち着いた声となった少女は、大森の傍《かたわ》らに腰を下ろして救急箱を開けた。

「小美浪あすみだ。あいにく親父は不在だから、アタシの方でまず応急処置だけする」

言いながらも、少女……あすみは、淀《よど》みない手つきでテキパキと処置を開始する。

(凄《すご》いな、まだ子供なのに物凄い手慣れた感じだ……)

内心でそんなことを考える成幸。

「……一応言っとくけど、アタシは十九でお前より年上だからな？」

「えっ……!?」

すると、それを見透かしたかのように一瞬あすみの目が成幸を睨んだ。

思わず口を衝《つ》いて出た驚きの声は、その鋭さと実年齢、二つに対してのものである。

「……大丈夫だ、傷自体はそんなに深くない。血も止まってるし」

少し緊張の緩んだ彼女の声に、成幸もホッと安堵《あんど》の息を吐いた。

「ただ、頭の怪我だからな。診療所に連れて行って、親父が帰り次第精密検査をする」

処置は終わったのか、あすみは既に手を止めている。

「あっ、それじゃ俺が診療所まで……」

「いや、いい。それは家の人にやってもらおう」

大森を運び出す手伝いを申し出ようとしたところ、あすみに遮《さえぎ》られた。

「それより、そっちにゃやることがあるだろ？　今、駐在さんも不在なんだ」

大森の手を開き、そこに握られていた紙を取り上げながら立ち上がるあすみ。

「ダイイングメッセージってやつか？　ま、今回は死んでねぇし死なせねぇけどな」

どこかイタズラっぽく笑って、それを成幸に手渡す。

それから、同じ表情を理珠と文乃へも向けた。

「お手並み拝見だ、探偵サンたち？」

どうやら、成幸たちの肩書きは既に知られているらしい。

「……わかりました、任せてください」

頷いて、成幸はあすみから渡された紙を確認した。

【その先へ】
【鼠が右目に一つ星　左目映すは黒い水　地にも仄かに舞う光】
【兎は顔出す黄金に背を向けて　見つめる先には百目の館　幼子たちを飲みこんだ】
【馬の心臓金烏に焼かれ　朱色の門を潜り行く　静謐の向こうに御座すは誰ぞ】
【鶏見上げる燃える空　止り木倒して火に焚べよ　山より高く煙を上げよ】

昨日見たものと全く同じ文言《もんごん》だが、今の状況で改めて見ると、とある事実に思い至る。

「ねぇ成幸くん、この一節目ってもしかして……」

「この現場の状況を表しているように思えますね」

果たして、文乃と理珠も成幸と同じ見解を持ったようだ。

「鼠……ね。たぶん、こいつが頭にぶつかって血を流すことになったのは間違いないな」

と、あすみが指すのは血溜まりの中に転がる鼠の置物だ。左側が下になっており、その右目は天を見上げているようにも見える。

「黒い水に、仄かな光……」

左目にべったりと付着した血は既に変色しきっており、その色は『黒』。また、周囲にはガラス製のコップの破片が散らばっており、朝日を反射してキラキラと光っていた。

「この状況を、犯人が意図的に作ったたってことか……？」

「それに気付いた大森君が、わたしたちに伝えるために童唄の紙を握った……？」

「と、するとですよ……？　まさか、これは……」

三人の、緊張を含んだ視線が交錯《こうさく》する。

「「「見立て殺人事件？」」」

続いた声が、重なった。

「まぁ、未遂ではあるが……」

「それも、今のところは……だよね？」

「四節ある唄の第一節を見立てたのです。これで終わりという可能性は低いでしょうね」

とそこで、文乃がハッとした表情であすみに詰め寄る。

「あの、犯行時刻ってわかりますか!?　明け方か夜中かくらいだけでも！」

「ん……この量の血が完全に乾いてるからな。夜明け後ってことはないと思うが」

「やっぱり……！」

あすみの答えに、文乃は眉根を寄せて険しい顔となった。

「古橋、何か気になることでもあるのか……？」

その理由がわからず、成幸は疑問符を浮かべながら尋ねる。

「この童唄、全部の節が動物で始まってるよね？」

「あぁ、それは俺も気になってた。それも、たぶん……」

「「十二支」」

同じことを考えていたらしく、成幸と文乃の声がまた重なった。

「それで、十二支って時刻を表すことがあるでしょ？　子《ね》は二十三時から一時くらい、卯《う》は五時から七時くらい。もし、これが犯行時刻を指し示しているなら……」

「っ!?」

成幸もようやく彼女が言わんとしていることに気付き、ハッと時計を見る。

時刻は現在、午前八時を過ぎたところだった。

「まさか、もう第二の犯行が行われている……!?」

「考え過ぎだと思いたいけど……」

「いずれにせよ、早く現場に向かうに越したことはないでしょう……文乃、第二節が指し示す場所に当たりはついていますか？」

尋ねる理珠に、文乃は一つ頷く。

「『百目の館　幼子たちを飲みこんだ』……たぶんこれは、学校を表してると思う。『百目』っていうのも、沢山《たくさん》の窓のことじゃないかな。あの、この村の学校って……」

最後は、あすみへの問いかけであった。

「東の方に一つ。アタシも通ってたとこだ。今じゃ過疎化が進んで、教師もまふゆセンセ……桐須《きりす》真冬《まふゆ》先生、一人だけだがな」

あすみの答えに、一同の顔がますます強張《こわば》る。

「一人って……マズいな、犯人が向かったなら危険だ」

あすみに学校への道筋を聞いてから、一同は駆け足で部屋を出る。

そんな中。

「東……か」

文乃が、小さく呟《つぶや》いた。


…○△×…

「「「桐須先生！」」」

学校に辿《たど》り着き、とりあえず人の気配を感じた職員室に雪崩《なだれ》こんだ三人。

「な、何事!?」

中に一人だけいた女性、桐須教諭はそれを見てギョッとした顔をする。

「ふぅ、無事だったみたいですね……」

「ぜぇ……はぁ……よかった……」

「ぜぇはぁぜぇはぁぜぇはぁ……」

文乃が安堵して額の汗を拭《ぬぐ》い、成幸も肩で息をしながら軽く笑みを浮かべる。

なお、理珠は息が切れすぎてリアクションを取る余裕まではなかったようだ。

「……君たちが、大森君が呼んだという探偵かしら？」

顔に宿る感情を驚きから不審へと移し、桐須教諭が少し目を細める。あすみが知っていたことといい、どうやら成幸たちの存在は知れ渡っているようだ。

「まさか、この学校に財宝が埋まっているとでも言うつもり？」

「いえ、そうじゃなくて……ちょっと、今は財宝とかより大変なことになっていまして」

そう切り出し、成幸は大森が襲撃された件について桐須教諭に伝えた。

「把《は》握《あく》……それで、心配して走ってきてくれたと？」

桐須教諭が、納得の表情で頷く。

「はい、先生が無事で何よりでした。それで……何か、ここで事件が起こったりはしていませんか？　恐らく、第二節が指しているのはこの学校だと思うんですが」

「いえ、特には……」

そう言いかけたところで、ふと桐須教諭は何かを思い出したような表情を浮かべた。

「そういえば今朝、一件よくわからないイタズラがあったわね……」

「イタズラ、ですか？」

少し気になって、成幸は首を傾ける。

「ええ。とはいえ、君たちが追っている事件とは関係ないと思うけれど」

「どんなイタズラだったんですか？」

同じく気になったのか、文乃が問いを重ねた。

「不明。使っていない教室の黒板に、数字の羅列《られつ》がひたすら書き連ねられていただけよ」

「……数字、ですか」

そこに反応したのは、ようやく息が整ってきたらしい理珠だ。

「今回の件と関係が無いとも言い切れません。出来れば見せていただきたいのですが、写真などで残っていませんか？」

「まだ消していないから、見たいのならついてきなさい」

やはり事件について捨て置くわけにはいかないと思っているのか、理珠の頼みを桐須教諭はあっさりと受け入れてくれた。


それから桐須教諭の案内に従って、該当《がいとう》の空き教室に向かった三人。

「うおっ……!?」

そこに足を踏み入れた途端、成幸は思わず呻《うめ》き声を上げてしまった。

【65537998092143868341948923088988635898667742814709467835988215776453676483756
4320091564656260741329698848262343791745637132833123200634631644953365060032755
7298643266084901761254941729705604758456507005979918916334181319364853840207342
20018049691102448430255867958044145911320987526848311186076034904319376818047648
9629377264907108073385688024612069747828016286339810603017203362738895463130581

2960247408719198999888130639081823997015099014861768519052841891592518671962 1586
4103894427885151776345688113230501190040212901718117481092063996152311478915719
7074752324494894803542216944012287251063675723521524941176748491380593984260509
8734912014879756658672809360112186264097006770099383209806098015440219292308440
4929350719805466411726778459033353399549319302896065855203883436327941177745257
3699413810052203198400702578934832692638765510749831546790859944446224422807134
8370944340790077542768733521423559328295465578248619008509109708463560243659592
2095775670388855793177405719884345571061962126837735157756687069686954672684496
8742200128233830023681017639284493639703445961248304724540524110946701447133040
2179795621874156218256892975248480619323875065154302371656771379189037487303069
1918017530224084118043203164370934691366771457739989653】

と、数字が几帳面《きちょうめん》にビッシリ書き連ねられた黒板が目に飛びこんできたためである。

「うぅっ……わたし、なんか気分悪くなってきたかも……」

数学系統に苦手意識がある文乃の声は、若干弱々しくなっている。

「……ふむ、なるほど」

一人、理珠だけがしばらくその数字の列を眺めた後に頷いた。

「緒方、何かわかったのか？」

「いえ、今の段階ではまだ何とも」

何やら確信めいた表情に見えて成幸が尋ねるも、返ってきたのはそんな答えだった。

「ただ、一つ言えることは」

理珠が、黒板に書かれた数字を再び見上げる。

「童唄の第二節が示した場所にも、『何か』はあったということです」

「……安易に関連づけるのも危険じゃないか？　大森の時とはだいぶ状況が違うし」

「とはいえここで待ってても、これ以上何かが起こるかはわからないよね？」

それぞれに意見を出し合う三人。

「……まぁ、そうだな」

ひとまずは理珠と文乃の意見に理があると判断し、成幸も頷いた。

「それじゃ、三節目が指し示す場所に……っと」

行こう……と言いかけて、ここにはもう一人いることに思い至る。

「あの、先生。出来れば一人にならないよう気をつけてほしいんですけど……まだ、この学校で何かが起こらないとも限らないんで……」

「あぁ、それなら……」

難しいかと思いながらの要望だったが、桐須教諭には何かしらの当てがありそうだ。

「姉さま〜！」

果たしてそのタイミングで、外からそんな弾んだ声が聞こえてくる。窓の方に目を向けてみると、成幸たちより少し年上だろう女性が駆けてくるのが見えた。その顔がハッキリしてくるにつれて、桐須教諭とどこか似ていることに気付く。

「可能よ。ちょうど今日、普段は県外に出ている妹が戻ってくる日だから」

「そうですか、ならよかったです」

桐須教諭の言葉に、成幸はホッと安堵した。

（桐須先生もしっかりしてる人っぽいし、これで大丈夫だろう）

と思って、理珠・文乃と共に踵《きびす》を返し……その、直後。

「っ!?」

「ぐぇっ!?」

後ろから襟首《えりくび》を引っ張られ、成幸の喉《のど》から潰れた蛙《かえる》のような声が出た。

「な、何するんスか……」

「し、失礼……」

抗議の声と共に振り返ると、何やら片足の不安定な体勢で桐須教諭が成幸の肩を摑《つか》んでいる。その状況から想定されることは、恐らく。

「……転んだんですか？」

「……少々、段差に躓《つまず》いてしまったわ」

成幸が疑問の眼差《まなざ》しを向けると、桐須教諭は少し顔を赤くして目を逸《そ》らした。

（……本当に大丈夫かな、この人を置いていって）

つい先程感じた安心感が嘘《うそ》のように、不安に駆られる成幸であった。


…○△×…


とはいえ事件の解決が何より安全に繫《つな》がるだろうと、学校を後にし。

次に一行が訪れたのは、南の方に存在する神社であった。

「『朱色の門』っていうのは、鳥居のことを指してるんだと思う。『静謐』っていうのも神社のイメージに合っているし、『御座すは誰ぞ』っていうのも、つまり神様なんじゃないかな」

――馬の心臓金烏に焼かれ　朱色の門を潜り行く　静謐の向こうに御座すは誰ぞ

第三節を、文乃がそのように読み解いたためである。

すると、そこで迎えてくれたのは。

「あれ？　探偵さんたち、どうしたの？」

うるかであった。ただし、現在着ているのはメイド服ではなく巫女《みこ》装束《しょうぞく》だ。

「うるかちゃんの方こそ、なんでここに……？　うるかちゃんって、大森家の使用人さんじゃなかったの？　バイトで巫女さんもやってるとか？」

「あははっ、違うよぉ」

文乃の疑問に、うるかはカラカラと笑う。

「どっちもバイト。大森っちの家のはね、探偵が訪れる家ならメイドの一人くらいいないといかん！　とかいう大森っちの謎のこだわりで一時的に雇われてんの。実はあたしもメイド服って一回着てみたかったし、利害の一致ってやつ？」

そこまで言った後、「それに……」と小さく言って。

うるかがどこか意味深に思える目を向けてきたので、成幸はまた疑問符を浮かべる。

「……？」

（何か、俺に伝えたいことでもあるのか……？）

その瞳に宿る光は、どうにもそんな風に感じられた。

（他の二人に聞かれたくない話、ってことか……？）

考えられるのは、その可能性。だが、その具体的な内容となると想像がつかない。

（二人のどっちかが犯人だっていう証拠を持っている、とか？）

ふと思いついた案だが、すぐに失笑する。二人とは、これまでにいくつもの事件を一緒に解決してきた。事件を起こす側の人間ではない、と断定出来るに足る信頼は持っている。

（と、なると…………逆？　つまり、彼女が犯人で俺に宣戦布告している）

発想を逆転させてみて、再び失笑。昨日会ったばかりの関係ではあるが、彼女が裏表の無い性格であることはわかる。そのようなことをするタイプだとは到底思えなかった。

「成幸さん？　事件について何かわかったのですか？」

ならば他の可能性は、と考えかけたところで理珠が声をかけてくる。

「……いや、まだ何も」

うるかのことについて言ってみようかとも思ったが、現段階の情報で伝えても仕方ないかと思い直し口にするのは控えた。

「そうですか、では行きましょう」

「え？　どこに？」

いきなりそう言われて、疑問を返す。

「？　神社の木に謎の紙が貼られているとうるかさんが言うので、確認しに行こうという話だったではないですか」

どうやら、成幸が考えこんでいる間に話は進んでいたようだ。

「あ、あぁ悪い、ちょっとボーッとしてて聞いてなかった。それじゃ行こうか」

反対する理由もないので、成幸は理珠に続いて足を進め始める。

「………………」

移動するしばしの間、うるかは黙ったままだった。

しかしやはり彼女からの視線を頻繁《ひんぱん》に感じて、どこか居心地が悪い。

ただ、件《くだん》の木の前に着くと成幸の意識は完全にそちらへと向けられた。

より正確に言うならば、そこに貼り付けられた一枚の紙へと。

【3770583301318935947352313796708634085675950850180410839018860080733260149577
6290168390812449041378555043368912119124479187999974651769096527942843117352181
4342392975113452093472723536858162332487788422852487084543086754143792324752314
7793974780213753931762811246568469500357167467027266392862116693007511141580481
0765422637421325077189049697465665404767679485602340855463184590708270510287998
8960008434094128142650309451244293653364333734053112299254562281071645255489427
5040154748969060377308080609782723962300936602822791488754060888108797808097282
5828308094219341429403969922766785522173284016856701860799912741336714779975275
6488087919604563994732364004515421413732599777337593705418049656984488919001869
8542436300743906214519777147191728128607973889700304616325442767337786882047777
3988581170217301967373512583973805115227247787240628519638956522000810530136580
7845133621115809020608078852204561315271309750526373906384058216220357984260360
4065335556346746130995677378868230502717970716447344485310584275962573020169087

9777437856081628266276038093479420282260467287185042562061104529806745039939855
4212390373190139328472002239024110431358834708008532413560995065900673944551489
3155917741976516132506961298666415828418660417696173007315944753384117758610415
6163046299188771425729481079266336645133381991713495453117484921037357371998144
2818554907018784019861902345735851299551228766821164238766690878147661791090602
8712543143466036906154038422765544530708351767551360135835342797966038685379272
1388869624953987999740879501961484114976001013512457799963761369119553276 25031
0314033664】

紙には、またもそんな数字の羅列がビッシリと記載されている。

「ここにも、学校と同じものか……」

「いえ、同じではないです。数字の内容が、全く違うではないですか」

「そう……なの？」

当然のこととばかりに理珠は言うが、成幸にはイマイチわからなかった。

「ていうか緒方、さっきの数字全部覚えてるのか？」

「覚えているというか、直感的に何となくわかりますよね？」

無論、成幸にわかるわけもない。チラリと目を向けてみると、文乃も苦笑気味に首を横に振っていた。彼女も記憶力はかなり優れているはずだが、流石《さすが》にこれは無理らしい。

「……ふむ」

成幸と会話している間も、理珠は数字の羅列を見つめたままであった。

その表情は、どこか確信を深めているように見える。

「この数字の意味、わかりそうか？」

尋ねると、理珠の視線が成幸の方へと向いた。

「差し当たり、何と言っているのかはわかりました」

「何と、言っているのか……？」

理珠のその物言いも、成幸には理解出来ない。

「とはいえ、なぜここで私の……？　この事件に、私自身が関係している……？」

しかし、再度尋ねる前に理珠は顎《あご》に指を当て思案に入ってしまった。

「……とりあえず、次に行きましょう。そこで、この意味もわかるのかもしれません」

ようやく顔を上げたと思えばそう言ってくる理珠に、成幸と文乃は顔を見合わせる。両者、理珠が何の情報を摑んだのかわからず頭の上に『?』が浮かんでいた。

とはいえ、次の場所に行くことに否《いな》はない。お互い目にそんな意思をこめて、頷き合う。

「わかった、とりあえず行こう。古橋、次の場所の見当はついてるか?」

「えーとねー、四節目は……」

「あ、あのさっ！」

と、そこで会話に割りこんできたのはうるかだ。

「それ、あたしも行っていいかな……?」

上目遣いで、おずおずと尋ねてくる。

「そうですね、むしろそれはこちらからお願いしようと思っていたところです」

「ここに一人でいるのは危険かもだしねぇ」

特に思うところもなさげに頷く理珠と文乃。

「ねっ?　成幸くん」

笑みを向けてくる文乃に、成幸は一瞬反応出来なかった。

「……成幸くん?」

「えっ、あ、あぁ、そうだな、そうしよう」

文乃が不思議そうに首を傾げたところで、ようやくそう返す。

（第一と第三の現場にその姿があって、第四の場所に自分からついていこうとする……）

内心でそんなことを考えながら、チラリとうるかへと視線を向けた。

「っ……！」

すると彼女もちょうど成幸を見ていたようで、慌てた様子で目を逸らされた。

（これは、偶然なのか……？　それとも……）

成幸の中で、疑惑は深まっていく。


…○△×…


「ねぇねぇ文乃っち、行き先ってホントにそこで合ってるの？」

第四節が指し示す場所に向かう道中、うるかが文乃に質問をぶつけていた。人懐っこい性格らしく、昨日の段階で文乃と理珠とも打ち解けており、呼び方も気安いものだ。

「君は、違うと思うの？」

「あ、あ、はい……違うんじゃないかなーと、思ったり思わなかったり……です……」

ただし、成幸に対しては妙に距離を置いているようにも感じられ……それが男女差によるものなのか他の理由があるのか、成幸にはわかっていない。

「うーん……」

うるかの問いに対して、文乃は微妙な表情を浮かべている。

「第四節の解釈自体は、合ってると思うの」

迷いが見られる雰囲気ながら、その言葉には自信が感じられた。

——鶏見上げる燃える空　止り木倒して火に焚べよ　山より高く煙を上げよ
その第四節に対する文乃の見解は、既に述べられており。

「『止り木倒して火に焚べよ　山より高く煙を上げよ』——これはたぶん工場を指してるんだと思うし、西の方でそれに該当しそうな建物は一つだけなんだよね？」

先程うるかに尋ねて得られた情報を元に、そう当たりをつけていた。

「うん、まぁ、とっくに閉鎖してる廃工場だけどね。ていうか、わざわざ西って指定したのはなんでなの？　工場ってだけなら、別のとこにもあるよ？」

だが、当のうるかは不思議そうに首を捻っている。

「十二支って、方角を表すものでもあるから。実際、大森君は子の方向、北を向いて倒れ

てたし、卯の方向である東の学校、午《うま》の方向である南の神社にもそれぞれメッセージみたいなのがあった。だから、今回も西っていうのは合ってるはず」

「なるほど……」

文乃の言葉に頷きつつも、うるかの表情にはまだ納得した様子は見られなかった。

「でも、なーんかさぁ？　童唄と工場ってイメージ合わなくない？　ほら、時代的に？」

「あはは……まぁ、この手の童唄って意外と近代に作られたものも多いからね」

そして、苦笑する文乃の顔もまたスッキリしないものだ。

「そう言う古橋も、何かに引っかかってるように見えるぞ？」

「……だねぇ」

その点を成幸が指摘すると、へにゃっと文乃はどこか疲れたような笑みを浮かべた。

「どうにもこの第四節だけ他の節とはちょっと違う印象を受けるっていうか……うーん、でもそれを言うと、なんとなく最初から全部を読み違えてるような気もしてるんだよねぇ……不気味な歌詞なのに、全体的に書き手の優しさを感じるっていうか……あと、イタズラっぽい雰囲気も？　なんていうか、自慢げな感じもするし……」

ブツブツと呟きながら文乃は唸り始めるが、成幸には何のことかイマイチ理解出来なかった。もっとも、数字に対する理珠と同様、文乃も文章や物語については独特の感性を持っている。成幸としては、自分には理解出来ないことをとっくに理解していた。

なので今は目の前のことに集中しようと、前を向く。

(あれが例の工場か……)

既に、目的の廃工場が視界に入る位置にまでは来ていた。工場は山の間際に建てられており、なるほど稼働していた頃であればその煙突から立ち上る煙と山の高さを比べたくなる気持ちもわかるような気がした。なんて思いながら、近づいていたところ。

「……あれは?」

ふいに不審なものを見つけて、成幸は眉間《みけん》に皺《しわ》を寄せた。廃工場は随分《ずいぶん》と前に閉鎖したらしく、建物自体は錆《さび》だらけでかなりボロボロだ。だが出入り口の扉の前にはやけに新しい机が置かれており、その上にはノートパソコンが載っていた。更に扉にはこれまた真新しい電子錠《じょう》が付けられており、ノートパソコンとコードで繋がっている。

「あれ、前からあるものなの?」

「へっ!?」

うるかに確認すると、なぜか裏返った声が返ってきた。

「あっ、いや、なかったと思うよです！」

それから、うるかは慌てた様子でパタパタと無駄に勢いよく手を振る。

「そ、そう」

その妙に大きなリアクションに疑問を覚えつつも、とりあえず頷く成幸。

「てことは、今回の事件の首謀者が設置した可能性が高いってことか」

言いながら、表情を引き締めた。

「真剣な表情……」

うるかの視線を傍らからものっそい感じたが、気付かないふりをしておく。そうこうしている間に一同は机のところまで到着し、それを見計らったかのようなタイミングでノートパソコンの画面に光が灯《とも》った。

『よくここまで辿り着いたわね、名探偵諸君！』

映し出されたのは、タキシードの上に黒マントを羽織った少女だ。目元には黒のベネチアンマスクを被っているため、その顔の全容を窺《うかが》うことは出来ない。どうやらビデオ通話になっているらしく、ノートパソコンのカメラレンズがどこか不気味に輝いて見えた。

『私の正体が気になる？　そうね、ここはミスターSとでも名乗っておきましょうか』

少女は、ニンマリと笑みを浮かべる。

「あれ？　さわちんだよね？」

『げっ!?　武元うるか!?　なぜここに!?』

しかし、うるかがヒョコッとレンズの前に顔を出したことでその口元が引き攣《つ》った。

『ち、違う！　私は関城紗和子《せきじょうさわこ》などではなく、ミスターＳ！』

「あはは、またまたぁ。ていうかさわちん、『ミスター』は男の人に付けるやつだよ？」

『知ってるけど、こういうのは「ミスター」って付けるのが様式美なわけよ！』

「そなの？」

画面越しにそんな会話を交わした後、ミスターＳこと紗和子はハッとした表情に。

『ゴホン……』

一つ咳払《せきばら》いして、表情を改め。

『よくここまで辿り着いたわね、名探偵諸君！』

どうやら、最初からやり直すらしかった。

「あのさ、この子って君の知り合いなの？」

「ひゃわっ!?」

耳元に口を寄せて小声で尋ねた成幸に、うるかはまたも裏返った声を出す。

「う、うん、学校の同級生……です」

それから、耳まで真っ赤にして頷いた。

『けれど、この扉に掛けられた鍵を開けて見事私のところまで辿り着けるかしら⁉』

その間にも、画面内の紗和子は一人で盛り上がっている。

『パスワードは、これまでの場所に残してきた数字がヒントに……』

「あぁ、そういうことですか」

言葉の途中で、理珠がスッとパソコンの前に歩み出た。そして、淀みない手付きでカタタタタンッとキーボードを打つ。カシャン。軽い音を立てて電子錠のロックが外れた。

「失礼します」

特に感慨もなさげに、理珠は扉を開ける。

「……あ」

するとすぐそこに、ベネチアンマスクを被った少女の姿があった。

ポカンと口を開けて、理珠の顔を見つめることしばし。

「よ、よよよよく来たわね、緒方理珠！　近くで見るとますます可愛《かわい》いわよ！」

そこまで言ってから、その顔が見る見る真っ赤に染まっていく。

「ま、間違えたわ！」

赤い顔のまま、紗和子は手をわたわたと動かした。

「え、えーとえーと、なんだったかしら、そう、えぇと、その頭脳が、えーと……」

「ところで一つお尋ねしたいのですが、ミスターSさん」

「関城紗和子よ！　紗和子と呼んでくれると嬉《うれ》しいわ！」

理珠が一歩近づくと、ベネチアンマスクを取り去るなり早口でそう言う紗和子。

「そうですか。それでは、紗和子さん」

「何かしらっ!?」

応《こた》える彼女の笑みは、とても満ち足りた感じのものであった。

「先程のパスワードですが……『ｏｇａｔａｒｉｚｕ』、なぜ私の名前なのですか？」

「ファンだからよ！」

迷いのない調子で言い切る。

「……ファン？　扇風機と私に何の関係が？」

だが、コテンと首を傾げる理珠にはその意図が伝わっていないようだった。

「そ、そうじゃなくて！　私、緒方理珠のファンなのよ！　その活躍を伝える記事は全部ファイリングしてるし、ニュースだって録画してるわ！　私の声なんて届かない遠い存在だけど、ずっと応援していこう……なんて思っていたのに、なんでもこの村に来てくれるっていうじゃない!?　それで私張り切って、童唄に擬《なぞら》えた『挑戦状』を用意して待ち構えてたってわけよ！　そしたら流石は緒方理珠、思った以上にあっさりと……！」

「ちょ、ちょっと待ってくれ！」

興奮した調子で捲《まく》し立てる紗和子に、成幸が割りこむ。

「大森を襲ったのも、その『挑戦状』の一環だっていうのか……？」

「は？」

成幸の問いに、今度は紗和子がコテンと首を傾げた。

「大森奏が、どうしたって？」

「だから、昨夜お前が襲撃して怪我をさせたんだろ？」

「はいぃ？　なんで私がそんなことを？」

「え……？　いや、それは……怨恨《えんこん》、とか……？」

なぜか逆に問いかけられ、成幸は戸惑いながらも思いついたことを口にする。

「別に恨みなんてないし、むしろ緒方理珠を呼んでくれたことに感謝してるくらいだけど？　それで……大森奏は、無事なの？」

「あ、あぁ。まだ検査は必要だけど、とりあえず命に別状はなさそうだって」

「そう、ならよかった」

　ホッと安堵する紗和子の表情は、とても演技をしているようには見えなかった。

「一応言っておくけど、それは私じゃないわよ？　いつ緒方理珠が来てもいいように、昨日からここに待機していたもの。ずっと録画もしていたから、必要なら提出するけど……ていうか、なんで私がその件の容疑者みたいになってるのよ？」

「いや、現場が第一節に見立てられた形だったからてっきり……」

「そうなの……？　そもそも大森奏は、なんで夜中にそんなとこに行ったのよ？」

「いや、自分の部屋なんだし何もおかしいことはないだろ？」

「えっ？」

「……えっ？」

　お互いに疑問の声を上げるという、謎の構図。

「だって、第一節が示す場所って村役場でしょ？」

「は？　そうなの？」

「……えっ、ちょっと待って。まさか、そこに行ってないってことはないわよね？」

「いや、行ってないけど」

「はぁ!?」

成幸がありのままの事実を答えると、紗和子が驚愕《きょうがく》の表情を浮かべた。

「ちょ、そんなはずないでしょ!?　だって、『秘密鍵』を提示したのが第一節の場所なのよ!?　それがわからないのに暗号が解けるわけないじゃない！」

「ど、どういうことだ……？」

だが、成幸には彼女が何に驚いているのかがわからない。

「あのねぇ……」

はぁと溜め息を吐く紗和子の表情が、ようやく少し落ち着きを取り戻してきた。

「私が緒方理珠への『挑戦状』として用意したのは『ＲＳＡ暗号』なの。今のＩＴ業界じゃスタンダードな暗号形式よ」

そこで一呼吸置き、紗和子は人差し指を立てる。

「神社の裏の木に貼りつけておいたのが『公開鍵』……つまり、適正な正整数であるｅと二つの大きな素数の積であるn。それを用いてさっきのパスワードを暗号化した『暗号文』cが学校の黒板に書いたものよ。それで、村役場の掲示板に『秘密鍵』dを書いておいたってわけ。これらが揃《そろ》えば、cをd乗して、nで割った余りを……」

「？？」

早口で言われても理解が追いつかず、成幸の頭の上に疑問符が沢山浮かんだ。その傍らで文乃は立ったまうつらうつらと船を漕《こ》いでおり、うるかは宙を舞う蝶々をポケーっと視線で追っている。そんな一同の様子に、紗和子はもう一度溜め息を吐いた。

「暗号文っていうのは、元の文を鍵付きの宝箱に入れたものだと思いなさい。それに、『公開鍵』って鍵で施錠する。だけど解錠するには『公開鍵』だけじゃなくて『秘密鍵』という別の鍵も必要になってくる。ざっくりと言うと、そういうことよ」

「なるほど」

イメージで説明してもらって、ようやく成幸の理解も及んだ。

「つまり何が言いたいかっていうと、『秘密鍵』がわからなければ暗号文の復号……宝箱を開けることは不可能、ということなのよ」

「その表現は正確ではありません」

紗和子の説明中は黙っていた理珠が、そこで初めて口を開いた。

「『公開鍵』から素因数分解によって『秘密鍵』を割り出すことも可能ですから。なので、『暗号文』と『公開鍵』……宝箱そのものと最初に施錠した鍵さえわかっていれば、宝箱をこじ開けることも出来ます」

「いや理論上はそうなんだけど、その素因数分解の困難性がＲＳＡ暗号の肝《きも》でしょ!?」

「理論上可能なのですから、可能と言うべきでしょう」

「だから、現実的には不可能って話で！　しかも、今回使った鍵長は四〇九六ビット！　素因数分解による力技での解読なんて、スパコン使っても数十年はかかるわよ!?」

ほとんど息継ぎも無しに反論していた紗和子が、ぜぇはぁと肩で息をし始める。

「そうは言っても、解けてしまったものは仕方ありません」

一方の理珠は、相変わらずの涼しい表情であった。

戦々恐々としたような、けれど同時に期待も混じったような、紗和子の目。

「ど、どうやって……?」

「65537というのは、正整数ｅとして一般的によく用いられる値です。わざわざそこを先頭でわかりやすく示してくれていたので、学校の黒板に書かれた数字が二つの素数の積ｎ

であることは明白。後は素因数分解を行えば、元の素数が 321781632195770042691876461 7606050814450993726968990487861022331686681853699813539952481817251248377369075 8288357340879982150177439066528352298882956084064104106920150811165509294226946 5280146889112576787743176988491927493080431935731680771197334743345191198628374 6760275966839986486838078969874559789755312204737351427001155313753080246202192 7705350726206227641652086059866663189522829567059970526669094186191640533613005 1474785980410761509761430837012928510227345537600239890017760372468903385538070 1589725062040264220600902516339932084205816813031470929460353989426027421699737 4526388156689316540507454925335004399 と 310176854116119527046106353984982390496 2510523240850513188106732842454607611943700086720238138809287938278300702928193 8066775512194149168298504499223810125277702520615842436419033110257415829359397 2286739666049112006076058577449228207652649304980758061234955402569957715357479 4669114825043228889253109222480173425597196842305399893763022714568972193139076 5668067260255987520885677514091268892982954752823430793625728716909610751100946 4940799074560769414868831765974883899048703152616162789902446925327077547989742

1029396471868753383208951769315432253703325769129037026089673417094730861804868
5114799576973893916457147だとわかり……」

「いや大事なとこ飛んだぁ！　その素因数分解をどうやったのかって聞いてんのよ！」

「どう、と言われましても……」

そこで理珠は、少し考えるように間を空けた。

「直感、でしょうか？」

しかし、返ってきた答えはシンプルなもの。

「そ、そ、そ……！」

口をパクパクとさせるだけの紗和子は、どうやら何も言えなくなっているようだ。

「…………それでこそ緒方理珠だわぁぁぁぁぁぁぁぁぁぁぁ！」

かと思えば、しばらくして涙ながらに両手を天高く掲げた。

「私が用意した『挑戦状』なんて軽く蹴散《けち》らしてくれるとは思っていたけれど、想像以上！　流石だわ緒方理珠！　まさしく天が遣わした存在！　マジ天使！」

「いえ、私は人間ですが……」

紗和子は今回の一件でますます理珠に心酔したようだが、理珠本人にはあまり伝わっていないらしく戸惑った表情である。

そんな光景を眺めながら。

(彼女が無関係だったってことは、大森を気絶させた犯人は誰なんだ……？)

成幸は、この事件に手詰まり感を覚え始めていた。

(いや……一つだけ、気になる点は残ってる)

そう思っていると。

「あ、あのさ……」

クイクイ、と控えめに袖《そで》が引かれた。

「ちょっと、あたしと一緒に来てくんない……ですか？」

果たして、それは成幸に残っていた『気になる点』そのもので。

「……わかった」

重く頷いて、成幸はうるかと共にそっとその場を離れた。

「ここなら、いいか？」

廃工場の裏手に回ったところで尋ねると、うるかはコクンと頷く。

その顔は先程から俯《うつむ》き気味で、成幸からは表情を窺うことが出来ない。

「俺に話が、あるんだよな?」

成幸の言葉に、うるかは再び控えめに頷いた。

「まさか、お前……?」

大森を気絶させた犯人なのか? そんな思いをこめて、問いかける。

コクン。やはり、うるかは頷いた。

「ふ、ふふふ……」

そんな音が、俯いた彼女の口元から漏《も》れ聞こえてくる。

(笑ってる……のか? 俺が、今までその正体に気付かなかったから……?)

心臓の鼓動と共に、成幸の緊張感は最大限に高まっていた。

無意識に、足が半歩下がる。それと、ほぼ同時だった。

うるかの顔が、勢いよく上がる。

(来る……!?)

身構える成幸……だったが、しかし。

「ファンなの!」

うるかから出てきたのは、そんな言葉で。その顔は、真っ赤に染まっていて。

「……へ？」

意味が理解出来ず、成幸の口から呆《ほう》けた声が漏れた。

「え、なに、ファンって……？　扇風機……？」

「いや、そのくだりはさっきリズりんでやったっしょ!?　じゃなくて、あたし、成幸のファンなの！　あっあっ、ごめんねなんかいきなり馴《な》れ馴《な》れしく名前で呼んじゃって！　いっつも心の中でそう呼んでたからつい……！」

「や、別にそれはいいんだけど……」

「ホント!?　じゃあそう呼ぶね！　ありがと、成幸！」

慌てた表情から一転、嬉しげに微笑《ほほえ》むうるかに、先程とは違った意味で胸が高鳴る。

「実は昨日から話しかけよう話しかけようとは思ってたんだけど、なかなかタイミングが掴めなくってさー！　もう、キンチョーしちゃって！　でもさわちんがリズりんのファンだってカミングアウトしたから、今がチャンスだって！」

「いや、ファンだなんて……俺なんてそんな大した奴じゃ……古橋や緒方みたいに、凄い才能を持ってるわけでもないし……」

「だからこそ凄いんじゃん！」

ズズイッとうるかが迫ってきて、成幸はその分だけ上体を逸らした。

「当然、文乃っちやリズりんは凄いよ？　でも、成幸だって二人と同じくらい事件を解決してる。それって、きっと凄い努力の上で成り立ってるんだろうなって……そう考えたら、あたしも頑張ろって思えるの。あたし、成幸からすっごい力をもらってるんだから！」

真剣な口調で紡《つむ》がれる言葉が、ジワリと温かく成幸の胸に広がる。

別段、誰かに認めてもらうために探偵をやっているわけではない。

努力をひけらかすつもりもない。

だが、それをわかってもらえるというのは。

自分の存在が、誰かの励みになっているというのは。

（それは……嬉しい、ことだな……）

心から、そう思う。

「ありがとう」

だから、感謝の言葉は自然と口をついて出た。

「や、そんな！　あたしの方こそ、カンシャカンゲキっていうか！　お会いできて嬉しい

ですっていうか！　ずっと憧《あこが》れだったし……っていや、変な意味じゃなくてね!?　あはは、何言ってんだろあたし！」

「あ、はは……」

うるかは照れた様子で早口に捲《まく》し立てる。成幸の方も、なんだか気恥ずかしい気分だ。

「…………」

「…………」

結果、お互いに赤くなった顔を逸らして沈黙するという時間が流れることとなった。

「……じゃなくて!?」

そこでふと我に返った成幸が叫ぶ。

「え、待って。じゃあ結局、君も大森を気絶させた犯人ってわけじゃないのか……？」

「はえ？　あたしが？　なんで大森っちを？」

「いや、そう聞かれても困るんだけど……」

「あー……ていうかね。あの後思ったんだけど、大森っちってもしかして……」

何やら少し言いづらそうな表情を見せる、うるか。

しかし、彼女が続きを言う前に成幸の携帯が鳴った。

「悪い、電話だ。ちょっと待ってくれ」

うるかにそう断ってから、携帯を耳に当てる。

「はい、もしもし？」

『よぅ、探偵サン』

聞こえてきたのは、あすみの声。

『患者の意識が戻ったんで、連絡しとこうと思ってさ』

「本当ですか!?　ありがとうございます、すぐに向かいます！」

本人の口から事の次第を聞けるのであれば、これ以上ない情報だろう。

「ごめん、話は後だ！」

うるかにそう断って、成幸は理珠と文乃に状況を知らせるために駆け出した。


…○△×…

そして、一同揃って向かった小美浪診療所にて。
「「「転んだだけぇ!?」」」

告げられた『真実』に、成幸たちは素《す》っ頓狂《とんきょう》な声を上げた。

「いやぁ、そうなんだよ。ツルッと滑っちゃってさ。その拍子に置物にぶつかって」

大森は、少し恥ずかしそうに笑って包帯の巻かれた頭を掻《か》く。

「ま、そんなこったろうと思ったよ。殴られたにしちゃあ傷が妙だったしな」

と、あすみが肩を竦《すく》めた。

「あはは、実はあたしもそんな気がしてきてたんだよねぇ……大森っち、結構そういうことやらかすところがあるし……村の誰かが犯人とも思えなかったしさ」

うるかも苦笑を浮かべる。先程言い淀んでいたのは、この件についてだったのだろう。

「ちょ、いや、じゃあ、童唄の第一節の再現になってたのは……？」

「へ？　なんのこと？」

成幸の言葉に、大森は首を傾げる。

「童唄の紙を握りこんでたのは!?」

「あー、直前までなんかわかることはないかって見てたからそのせいじゃね？」

「マジ……か……」

全ては偶然の産物だったらしいことがわかり、成幸の膝《ひざ》から力が抜けていった。

「なんか悪いわね。私の『挑戦状』のせいで余計にややこしくなってたみたいで」

当然の如く成幸たちに——というか、恐らく理珠に——ついてきた紗和子が、若干気まずげな表情を浮かべる。

「いえ、いずれにせよ童唄が指し示す場所は回っていたと思いますので」

「そ、そうよね！　流石は緒方理珠、いいことを言うわ！」

しかし理珠がフォローを入れると、紗和子の顔がパッと明るくなった。

「とはいえ結局、童唄の謎も解けずじまいですか……」

「単に、村の中を走り回っただけだったな……」

反面、理珠と成幸の表情には徒労感が滲《にじ》んでいる。

「あぁ、そうなん？　そっかー……まぁ名探偵三人が揃っても何もわからないってーなら、やっぱり財宝の在《あ》り処《か》が隠されてるっていうのはただの噂《うわさ》だったんだろうなー」

一瞬残念そうな顔となる大森だが、すぐにそれを明るい笑みに変えた。

「ま、村おこしは地道にやっていくことにするよ。オレはこの村の良いとこ沢山知ってるし、きっとそのうちわかってくれる人も出てくるさ」

「そうだな……」

役に立てなかったことに申し訳なさを覚えながらも、同意の言葉を口にする成幸。

「……この村の、いいところ？　村中を走り回った……？」

その傍らで、文乃が顎に指を当て小さく呟いた。

「ねぇ、紗和子ちゃん。さっき、童唄の第一節が示す場所は村役場だって言ってたよね？どうしてそう考えたの？　あと、村役場の位置ってどこなのかな？」

それから、文乃は紗和子の方に目を向ける。

「ん？　村役場の傍《そば》に、川が流れてるのよ。で、夏になったらそこに蛍《ほたる》が来るの。黒い水に、仄かに舞う光……って部分に、夜の暗さで黒く見える川に集まってくる蛍をイメージしたわけ。位置としては、北の端ね」

「おぅ、夏は壮観だぜ！」

紗和子の言葉に、大森が嬉しそうに頷いた。

「大森君！」

「お、おぅ？」

そんな大森の方へと、ズイッと文乃が身を乗り出す。

「好きなとこ、言ってみて！」

「え？　え？」

だいぶ前のめりな文乃に、大森は困惑している様子である。

「え、えーと、黒髪が綺麗《きれい》だし、おしとやかっぽいし、なんかいい匂いとかするし、胸が慎《つつ》ましいのもオレ的には全然オッケーだし、それからそれから……」

「……？」

指折り数え始めた大森に、文乃は小さく首を傾けた。

「あれっ、それもしかしてわたしの好きなところを言ってくれてる!?　ていうか、胸については余計なお世話だよ!?」

驚きの後、憤《いきどお》った様子で吼《ほ》える。

「じゃなくて、この村の好きなところ……特に好きな場所、を言ってほしいの！」

「あ、あぁ、なんだ、そういう……」

続いた文乃の言葉に、大森は照れくさそうに頬を掻いた。

「そうだなぁ……朝方の学校は朝日で窓がキラキラしてて綺麗だし、昼時の神社は涼しくて昼寝するとすげぇ気持ちいいし……あ、蛍が来る川ももちろん好きだぜ？」

「工場は!?」

「えっ……？　まぁ、小さい頃はよく遊び場にしてたけど……あぁそういや、村に初めて出来た工場だってことで当初は凄い騒がれたって聞いた気が……」

「……ありがとう」

礼を言いながらも、顎に指を当て眉根を寄せる文乃は心ここにあらずといった感じだ。

「だとすれば、今までの推理が間違ってたってわけでもなさそうだけど…………あれっ？　ちょっと待って!?」

かと思えばハッとした表情となり、慌ててポケットから一枚の紙を取り出した。

【その先へ】
【鼠が右目に一つ星　左目映すは黒い水　地にも仄かに舞う光】
【兎は顔出す黄金に背を向けて　見つめる先には百目の館　幼子たちを飲みこんだ】
【馬の心臓金烏に焼かれ　朱色の門を潜り行く　静謐の向こう御座すは誰ぞ】
【鶏見上げる燃える空　止り木倒して火に焚べよ　山より高く煙を上げよ】
紙に書かれているのはお馴染《なじ》み、例の童唄である。

「『一つ星』は北極星を指す言葉で、『金烏』は太陽の象徴。たぶん『顔出す黄金』が朝日で『燃える空』は夕日を表してる……単に十二支に対応する時間の空の様子を盛りこんでるだけなのかと思ってたけど、これも方向と関係しているとすれば……？　北極星を右に、朝日を背に、昼の太陽を心臓側に受けて、夕日が正面……『その先へ』……」

しばらく食い入るように紙を見つめながらブツブツと呟いた後、ふと顔を上げる。

「わかったよ、大森君。この童唄を作った人が、最後に示したかった場所」

その表情には、確信が感じられた。


…○△×…


『うわぁ……！』

その光景に、一同の感嘆の声が重なる。

山の一角。木々の中に埋もれるように、ポッカリと空いた空間だった。そこから、一ノ瀬村の全貌《ぜんぼう》が見渡せる。山に囲まれた盆地上の地形。緑の多く残る中に人工物が点在し、この距離から見ればまるで箱庭の中にミニチュアを配置しているかのようだ。

「すっごい眺めだねぇ！」

そんな景色を目に映しながら、うるかが歓声を上げる。

「へぇ、こんなところがあるなんて知らなかったわね」

うるかより反応は控えめながら、紗和子も微笑みを浮かべていた。

「ウチの村も案外捨てたもんじゃねぇな」

あすみもまた、同じく。

「うおぉぉぉぉぉ、めっちゃ綺麗じゃん！」

興奮した様子でパシャパシャとスマホで景色を撮影しているのは、大森である。

「しかし古橋、よく童唄の仕掛けに気付いたな？」

同じく目を細めて景色を眺めていた成幸が、ふと文乃の方へと視線を向けた。

北極星（北）を右に、朝日（東）を背に、昼の太陽（南）を左に、夕日を正面に。つまり、全ての動物が西の方向を向いていることになる。そして、『その先へ』。すなわち、廃工場の先にある山こそが童唄の作者が一番に示したかった場所だったというわけだ。

大森たちに聞いてもそこに何かがあるという話は出なかったが、実際に行ってみると僅《わず》かに獣道《けものみち》のようなものが残っており、それを通っていくことでこの場所に辿り着いた。

「ん～、やっぱり童唄から伝わってくる印象のおかげかな？」

文乃は、顎に人差し指を当てながら答える。

「何かを隠してて、だけど本当のとこは隠したくなくて、こっちの様子を陰から見てるイタズラっ子みたいな……そんな印象が、伝わってきてたの」

「ははっ、流石だな」

もちろん、成幸にはそんな印象など伝わってこなかったが。

この辺りは、彼女の多くの読書経験と強い感受性ゆえといったところか。

「きっとここは、童唄を作った人の秘密の場所だったんだろうね。誰にも教えたくなくて、だけど誰かに教えたくて。だからあんな形で隠してたんだと思う。好きなところを回ってもらって、この村のことを好きになってもらって。それで、最後の最後に一番の自慢の場所を教えてあげる……って、感じ？」

童唄を見た時からずっと悩ましげだった文乃の表情は、ここにきてようやくスッキリとしたものとなっていた。

「なるほど」

成幸も、彼女の見解に納得して頷く。

「ただ……財宝じゃなくて残念だったな、大森」

それから、苦笑を大森に向けた。

「いや、んなことねーよ！」

しかし、大森は力強く首を横に振る。

「まだこんな知らない一面があったなんて知れて、ますますこの村のことが好きになったぜ！　オレ、やっぱこの村のことを皆に知ってもらえるよう活動していくわ！　童唄を作った人も、きっとこんな気持ちだったんだろうな！」

そんな大森の後ろで、うるかと紗和子、あすみが顔を見合わせた。

「あたしも、なんだかんだこの村のことは好きだかんね！　大森っちに協力するよ！」

「緒方理珠が訪れた村ですもの、それだけで魅力があるってものよ！」

「ま、診療所としては人が増えるに越したことはないしな」

それぞれ、全員が前向きな表情で。

（当初の予定とはかなり違う結末だけど……これはこれで依頼達成、ってとこかな？）

そんな思いをこめて両隣に目を向けると、理珠と文乃も笑顔で頷いてくれた。

それから、幾《いく》ばくかの時が流れて。

「よぅ、また会ったな」

「成幸くん、りっちゃん、久しぶり〜」

「一ノ瀬村での一件以来ですね」

とある依頼の場にて、三人は再び顔を合わせていた。

「あぁそうだ、一ノ瀬村と言えば……あれ、見たか？」

「もっちろん！」

「少し、驚きましたね」

ふと思い出して話題を振るとそれだけで伝わったらしく、文乃と理珠は大きく頷いた。

「俺、ちょうど来る途中で読んでたから持ってきてるんだよ……あった、これだ」

鞄《かばん》をゴソゴソと漁《あさ》り、成幸は目当てのものを取り出す。とある旅行雑誌である。これは、大森から送られてきたものであった。付箋《ふせん》が付いているページを開くと、そこには。

『インスタで人気急上昇中！　今話題の絶景スポット！』

という見出しで、一ノ瀬村のことが取り上げられている記事があった。

大森がインスタに例の風景を投稿したところバズりにバズり、今や一ノ瀬村は立派な観光地と化しているのだとか。急な訪問者の増加に、村の面々はてんやわんやになりつつも喜んでいる……とは、一緒に添えられた大森からの手紙に書かれた内容であった。

それから、写真も一枚同封されており。

「俺としては、雑誌に載ってた写真よりこっちの方が好きだな」

「あっ、わたしもわたしも～」

「同じくですね」

写っているのは、大森、うるか、紗和子、あすみ、桐須教諭など一ノ瀬村の面々。

一部イタズラっぽいものだったり、照れているのか少しムスッとした表情だったりするものの……多くの観光客と共に写っている彼らは、概《おおむ》ね明るい笑顔を浮かべていて。

その写真を見ながら、三人も口元を緩めるのであった。

あとがき

筒井大志

この度はぼく勉小説第二弾『ぼくたちは勉強ができない　未体験の時間割』をお手に取っていただき誠にありがとうございます。

そう、第二弾！　なんともありがたいことに、ノベライズ第二弾でございます！

前巻のあとがきでぽろっと第二弾やりましょうと書きましたが、まさかこうして叶ってしまうとは…。

今回もぼく勉キャラたちが縦横無尽に色んなシチュエーションで大活躍していて、一読者として楽しく夢中で読ませていただきました！

本当にお忙しい中、再び素晴らしい小説を執筆してくださったはむばね先生に心から感謝です。ありがとうございます！

挿絵は今回も前巻同様、普段あまり経験のないフルデジタルに挑戦して描いてみました。まだまだなかなか慣れず時間がかかりますが、もうちょっとたくさん描けばコツをつかめるかも…？

よーし、こうなったら第三弾もやるっきゃないですね！　はむばね先生！（笑）

はむばね

どうも、はむばねです。ぼく勉ノベライズ第二弾、今回も小説本文を担当させていただきました。
第一弾に引き続きお任せいただけたこと、心より光栄に思います。
今回は初めて挑戦するジャンルもあり、正直結構苦労もありました。
ですが、ぼく勉キャラたちならどうするかと考えながら、なんだかんだ楽しく書いております。
読者の皆様におかれましても、お楽しみいただけましたら幸いでございます。
ちなみにRSA暗号の部分は本編に出ている情報だけで解けるようになっている（はず……！）ので、
数学に超自信のある方は挑戦してみてくださいな（なお、私はプログラム組まないと無理です）。
あと、少しだけ宣伝させていただきたいのですが、この本が出る頃には
ファンタジア文庫とHJ文庫からも同『はむばね』名義で新作が出版されていると思います。
よろしければ、お手にとっていただけますと幸いです。どちらも、ラブコメ作品です。
以下、謝辞をば。筒井大志先生、アニメ二期の作業等々で大変ご多忙の中、
今回も内容のチェック及び素晴らしいイラストの数々、誠にありがとうございます。
また、担当R様はじめ編集部の皆様、引き続き一緒に本作を作り上げていただきまして
誠にありがとうございました。その他、本作の出版に携わっていただきました皆様、
普段から支えてくださっている皆様、そして本作を手にとっていただきました皆様に、心よりの感謝を。
それではまたお会いできることを願いつつ、今回はこれにて失礼させていただきます。

■初出
ぼくたちは勉強ができない　未体験の時間割
書き下ろし

[ぼくたちは勉強ができない] 未体験の時間割

2019年12月9日　第1刷発行

著　者／筒井大志 ◉ はむばね

装　丁／石山武彦 [Freiheit]

編集協力／神田和彦 [由木デザイン]

編集人／千葉佳余

発行者／北畠輝幸

発行所／株式会社　集英社

〒101-8050　東京都千代田区一ツ橋2丁目5番10号
電話　編集部／03-3230-6297
読者係／03-3230-6080
販売部／03-3230-6393《書店専用》

印刷所／凸版印刷株式会社

Printed in Japan　ISBN978-4-08-703489-9 C0293

検印廃止

小説… JUMP j BOOKS
ぼくたちは勉強ができない
非日常の例題集
原作：筒井大志
小説：はむばね